D1726193

Jana Scheerer

Dinner Club

PINK · Ein Imprint von Oetinger Taschenbuch

PINK · Ein Imprint von Oetinger Taschenbuch

1. Auflage 2013

© Oetinger Taschenbuch GmbH, Hamburg 2013
Originalausgabe
Alle Rechte vorbehalten
Umschlaggestaltung: Reinsclassen, Hamburg
Druck: CPI – Clausen & Bosse, Leck
Printed 2013
ISBN 978-3-86430-010-3

www.pinkupyourlife.de
www.facebook.com/pinkyourlife

GEORGINA IST das schönste Mädchen der Schule und meine beste Freundin. Das ist alles andere als eine perfekte Kombination. Jedenfalls für mich. Einerseits zieht Georgina ständig die Aufmerksamkeit auf uns, andererseits bin ich neben ihr so gut wie unsichtbar. Wahrscheinlich bin ich für die anderen so was wie Georginas **Sidekick**: der Typ, der in Filmen dazu da ist, dass die Hauptfigur jemandem ihre genialen Gedanken mitteilen kann und dabei noch besser rüberkommt als sowieso schon. Wenn Georgina Sherlock Holmes wäre, müsste ich Doktor Watson sein. Wäre Georgina Batman, wäre ich Robin. Wäre Georgina Biene Maja, gäbe ich den dicken Willi. Und wäre Georgina SpongeBob, müsste ich garantiert diesen begriffsstutzigen rosa Seestern in Hawaii-Shorts darstellen. Okay, okay, ich höre schon auf. Das Prinzip müsste ja jetzt allen klar geworden sein, wie unser Erdkundelehrer Herr Freege sagen würde.

Ich kann das Georgina noch nicht mal richtig übel nehmen. Sie kann nichts dafür, dass sie mit einer niedlichen Stupsnase und Haaren wie aus der Shampoowerbung zur Welt gekommen ist. Das hat sie sich ja nicht ausgesucht. Denn wenn man sich so was aussuchen könnte, hätte ich ganz bestimmt nicht diese dünnen dunkelblonden Haare und diese extralange Nase. Papa hat jahrelang versucht, mir einzureden, dass ich keine lange Nase, sondern ein KLASSISCHES PROFIL habe. »Pia«, hat er gesagt, wenn ich wegen meiner Nase genörgelt habe, »die alten Griechen hätten dich sofort in Stein gehauen mit diesem klassischen Profil!« Er ist sogar mit mir ins Museum gegangen, um mir die Statuen mit dem klassischen Profil zu zeigen. Das war allerdings ein ziemlicher Reinfall. Was ich dort nämlich auf einen Blick erkannt habe: Die ganzen griechischen Mädels aus Stein haben – lange Nasen. »Klassisches Profil« heißt also: lange Nase. Danke, Papa. Er selbst war komplett begeistert. Er ist zwischen den Büsten hin und her gelaufen, hat auf die ganzen Nasen gezeigt und gerufen: »Siehst du? Deine Nase ist VOLLKOMMEN!« Gut. Ich wäre also vor zweitausend Jahren eine Schönheit gewesen. »Ich geh mich mal freuen«, habe ich zu Papa gesagt, bin aufs Klo gegangen und habe da in den Spiegel geschaut. Meine Nase kam mir noch länger vor als sonst. Papa hat keine Ahnung. Heute würde man solchen Statuen doch Stupsnasen verpassen, da läuft keiner mehr so einer Skischanzennase nach wie meiner. Als ich zurück in den Ausstellungssaal kam, stand Papa gerade vor einer Büste, bei der die Nase abgeschlagen war. Ich musste nur »Aha« sagen, da ist Papa gleich zusammengefahren vor Schreck. »Da ist die Nase leider, ähm – abhandengekommen«, hat er gemurmelt, sich geräuspert und ist schnell weitergegangen. Ich bin mir sicher, dass irgendwer der Statue die Nase abgeschlagen hat, weil er das große hässliche Teil einfach nicht ertragen konnte. Als wir vor der nächsten Figur mit Skischanzennase standen, hat Papa mir mitgeteilt, dass es ohnehin nicht darauf ankommt, was man **am** Kopf hat, sondern was man **im** Kopf hat. Solche Sprüche sind der absolute Tiefpunkt. »Papa«, habe ich gesagt, »hast du schon mal eine Statue gesehen, wo das Gehirn hinten rausschaut?« Nö, meinte Papa, aber dass es das geben **sollte**, um die **Schönheit des Geistes** zu feiern. Dann wurden wir unterbrochen, weil so ein Opa auf uns zugestürzt ist und gerufen hat: »Welch wundervoll klassisches Profil!« Papa hat gestrahlt. »Das sage ich ihr auch immer!« Der Opa sah für einen Moment ziemlich verwirrt aus. Dann dämmerte es ihm offenbar, dass Papa nicht die Statue meint, sondern mich, und er hat Papa zu seiner Tochter mit dem klassischen Profil gratuliert. Opas aufreißen im Museum, das klappt schon mal.

Dabei möchte ich eigentlich nur einen aufreißen: VALEN-TIN. Valentin geht in die Elf, ist der Sohn vom Hausmeister, hat kurze dunkle Locken, braune Augen und ist ziemlich, ähm, nett. Also, ich finde ihn ziemlich ausgesprochen nett. Leider hat Valentin zurzeit nur Augen für Georgina. Obwohl ich so ein klassisches Profil und so ein schönes Gehirn habe.

Als ich Valentin zum ersten Mal begegnet bin, war ich gerade einen Tag auf der Schule. Nach der Grundschule war die neue Schule der totale Schock für mich, alles war so groß und voll und unübersichtlich. Und als ich dann den Biologieraum nicht gefunden habe und es nur noch drei Minuten bis Stundenbeginn waren, habe ich mich einfach in eine Ecke gestellt und geheult. Mit zehn kann man sich so was noch erlauben. Jedenfalls stand irgendwann Valentin neben mir und hat »Hast du ein Problem?« gefragt. »Nein, ich stehe hier nur so und heule ein bisschen«, habe ich geantwortet. Quatsch, habe ich natürlich nicht. Ich habe genickt und »Wo ist der Bioraum?« geschnieft. Valentin hat mir ein Taschentuch gegeben, mich an die Hand genommen und zum Biologieraum gebracht. An Valentins Hand kam mir die Schule plötzlich gar nicht mehr groß und bedrohlich vor, sondern sehr schön, hell und gemütlich. Ich habe beim Laufen immer wieder zu ihm hochgesehen (er war einen gefühlten Meter größer als ich), und beim Hochschauen hatte ich ein Gefühl im Magen, das ich bis dahin noch gar nicht kannte. Schmetterlinge!, habe ich gedacht. So fühlen sich also Schmetterlinge im Bauch an! Als Valentin »So, bitte: Der Bioraum« gesagt und meine Hand losgelassen hat, habe ich das gar nicht richtig mitbekommen. Ich habe einfach vor dem Biologieraum gestanden und gefühlt, wie die Schmetterlinge in meinem Bauch herumfliegen. Bis die Biolehrerin kam und mich in die Klasse geschoben hat.

Das Problem mit den Schmetterlingen ist: Die haben sich seit der fünften Klasse jedes Jahr mindestens verdoppelt. Und ich bin inzwischen in der neunten. Da könnte man sich jetzt ausrechnen, wie unglaublich viele Schmetterlinge das sind. Wenn man rechnen könnte. Was ich aber nicht kann. Ist auch egal, ich spüre ja, wie viele es sind, mein Bauch ist bald zu klein für die. Obwohl der Bauch eigentlich auch mitgewachsen ist, aber wohl nicht proportional zur Steigerung der Schmetterlingspopulation, wie Herr Freege sagen würde.

»Pia?« Autsch. Vielleicht sollte ich mich weniger darauf konzentrieren, was Herr Freege sagen **würde**, und mehr darauf, was er gerade sagt. »Kannst du kurz erklären, wie sich die Population in diesem Gebiet in den letzten Jahren entwickelt hat?« Herr Freege schaut mich erwartungsvoll an. Ich vermute sehr stark, dass es nicht um Schmetterlinge geht und mit »dieses Gebiet« auch nicht mein Bauch gemeint ist. Ich atme durch. »Auf jeden Fall nicht proportional, würde ich sagen!« Herr Freege nickt und sieht dabei richtig überrascht aus. »Gut. Erklär bitte noch mal für die anderen: proportional zu **was**!« Argh. Stille. Starren. Füßescharren. Ich schwitze und schweige. Dann endlich meldet sich Paula. Herr Freege seufzt. »Okay, Paula.«

»Auf jeden Fall nicht proportional!« Georgina flüstert, grinst und stößt mich in die Seite. Ich muss lachen. »Worum geht's überhaupt?« Georgina zuckt mit den Schultern. »Hab die letzte Viertelstunde geträumt.« Hoffentlich nicht von Valentin, würde ich gerne sagen, aber da redet Herr Freege schon in unser Gespräch rein. So was von unhöflich. »Georgina und Pia, Ruhe bitte! Oder muss ich euch wieder auseinandersetzen?« »Siehst du«, zischt Georgina mir zu. Das ist typisch Georgina: Natürlich bin ich schuld. »Wieso ich?«, zische ich zurück. »Georgina«, Herr Freege seufzt, »tausch bitte mit Valeska den Platz.« Valeska dreht sich um, zeigt auf mich und stöhnt. »Weil Georgina quatscht, muss ich jetzt neben der da sitzen, oder was?« Herr Freege sagt »Valeska!«, und zwar mit seiner Keine-Diskussion-Stimme. Valeska packt ihre Sachen zusammen und murmelt dabei »Ungerecht, total ungerecht!«. Natürlich so, dass dieses Murmeln jeder hören kann. Moritz hebt die Hand. Herr Freege seufzt noch lauter als vorher. »Ja, bitte?« »Ist voll ungerecht, dass Valeska bestraft wird, obwohl Pia und Georgina gequatscht haben. Ist das ist hier ein Rechtsstaat oder nicht?« »Genau!«, ruft Leonie rein. Herr Freege fährt sich mit der Hand über den Mund. »Wieso Strafe? Ich habe Valeska lediglich gebeten, sich neben Pia zu setzen.« Oh Mann, er bietet Valeska die perfekte Vorlage. Ich würde mir am liebsten die Ohren zuhalten. »Neben der da zu sitzen ist die Höchststrafe! Das riecht STARK nach Willkürjustiz.« Na bitte. Ich versuche so auszusehen, als ginge mich das alles nichts an. Georgina hat schon alles gepackt und steht zwischen Valeskas und unserer Sitzreihe. »Schluss jetzt!« Auf Herrn Freeges Gesicht bilden sich rote Flecken. »Du setzt dich jetzt neben Pia und fertig!« Valeska murmelt was von »Diktator« und »Menschenrechte« und steht auf. Den Stuhl neben mir zieht sie so weit wie möglich von mir weg, bevor sie sich setzt. In solchen Momenten spüre ich meine Nase richtig doll in meinem Gesicht sitzen. Es ist, als würde mein ganzes Blut in die Nasenspitze wandern, damit sie schön rot anläuft und noch auffälliger wird. »Ach, und Georgina«, sagt Herr Freege, als Georgina auf ihrem neuen Platz sitzt, »geh doch bitte noch kurz in den Keller und hol die Karte, wo Italien klimatisch draufsteht, ja?« Georgina lächelt ihn an. »Na klar, gerne!« Als Georgina Richtung Tür geht, schauen wir ihr alle nach. Ihre langen dunkelroten Locken hüpfen im Rhythmus ihrer Schritte. Nur Valeska sieht demonstrativ zum Fenster raus. »Bis gleich!« Georgina nickt Herrn Freege und der Klasse huldvoll zu, bevor sie die Tür hinter sich zuzieht. Auf das Klappen der Tür hin geht ein kollektives Seufzen durch die Klasse. Ausnahmsweise bin ich Georgina richtig dankbar dafür, dass sie die gesamte Aufmerksamkeit auf sich zieht. Herr Freege holt seinen roten Lehrerkalender aus der Tasche und schreibt etwas hinein. Wahrscheinlich: **Pia Pfizer stört den Unterricht, und Georgina Albertini hat ein bezauberndes Lächeln.** Das Leben ohne rote Locken ist verdammt hart.

Herr Freege hat uns schon lange die klimatischen Eigenschaften der Toskana erklärt, und wir haben alle schon lange auf die Klassentür gestarrt, als Georgina endlich mit der Karte zurückkommt. Sie ist völlig außer Atem und ziemlich rot im Gesicht und sieht dabei noch toller aus als sonst. »War etwas schwer zu finden«, sagt sie, drückt Herrn Freege die Karte in die Hand und setzt sich auf ihren neuen Platz. Herr Freege wuchtet die Karte in den Kartenständer, und vor uns entfaltet sich **Italien klimatisch.**

Herr Freege erzählt uns anhand der Karte alles noch mal, was er uns vorher schon ohne Karte erzählt hat. Ich weiß nicht, ob es an den Schneemassen und dem gnadenlos kalten Wind draußen liegt, aber Herr Freege steigert sich richtig in das italienische Klima rein, so als könnte er sich an den rot eingefärbten Bereichen der Karte aufwärmen. Ich starre nach vorne und versuche, nicht einzuschlafen, als Jule sich umdreht und mir einen Zettel reicht. **Habe eine grandiose Entdeckung gemacht! Nachher mehr! Georgie,** steht darauf in Georginas geschwungener Schrift, die man vor lauter Schnörkeln nur schwer lesen kann. Ich schiebe den Zettel weiter nach rechts. »Stopp!«, zischt Jule. Stimmt, rechts von mir sitzt ja jetzt Valeska. Ich gebe Jule den Zettel zurück und schaue aus den Augenwinkeln nach Valeska. Sie ist bestimmt einen Kopf größer als ich, sehr blond und sehr dünn. Valeska ist im Sommer sitzen geblieben und geht seitdem in unsere Klasse. Wir konnten es damals kaum fassen, dass Valeska, Chefin der fiesesten Mädchenclique der Schule, vor der wir uns alle auf dem Pausenhof wegducken, jetzt in unserer Klasse ist. Sobald Valeska da war, bildete sich wie von selbst ein Fanclub um sie herum. Einige Mädchen und auch ein paar Jungs scheinen nur darauf gewartet zu haben, dass jemand auftaucht, der ihnen den Chef macht. Und das kann Valeska verdammt gut. Jeden Morgen begrüßt sie alle aus ihrer Clique mit einem Kuss auf den Mund. Auch die Jungs. Wer nicht in ihrer Clique ist, macht sich am besten unsichtbar. Das habe ich bisher auch ganz gut hingekriegt, obwohl ich das Potenzial zum Valeska-Hauptvergnügungsobjekt sehr sichtbar mitten im Gesicht trage. Ich fürchte den Tag, an dem ihr so langweilig ist, dass sie sich meine Nase vornimmt. Manchmal macht mich das richtig wütend, da würde ich sie am liebsten schütteln und schreien: Jetzt sag's schon endlich, sag, dass ich eine hässliche Riesennase habe! Mache ich aber dann doch nicht. Während ich Valeska so von der Seite ansehe und über sie nachdenke, bewegt sie sich plötzlich nach vorne zu Paula. Ich zucke zusammen. Valeska beugt sich so weit vor, dass sie halb auf dem Tisch liegt, und dann höre ich ein Schnippen. Auf den Boden vor Valeska fallen dicke braune Haarsträhnen. »Stufenschnitt!«, flüstert Leonie und lacht. Während ich noch auf Paulas Kopf starre, schnellt Valeska schon wieder mit der Nagelschere vor. Diesmal erwischt sie eine ganz besonders dicke Strähne. Paula reagiert nicht. Merkt sie nichts? Oder denkt sie, dass es besser ist, so zu tun, als würde sie nichts merken? Valeskas Fanclub lacht. »Steht ihr gut!«, ruft Moritz mit gedämpfter Stimme von hinten. Paulas Kopf zittert leicht. Valeska schaut nach Herrn Freege, der, völlig in seine Karte versunken, von Italien faselt, dann wirft sie sich wieder nach vorn. Ohne nachzudenken, strecke ich den Arm aus und versuche, die Schere zu fassen. Im nächsten Moment schreie ich vor Schmerz, das Stechen zieht von meiner Hand den Arm hoch, mir hat noch nie etwas so wehgetan.

Die Schere steckt in meiner Hand.

»DU HAST DIR während des Unterrichts die Nägel geschnitten?« Herr Freege sieht mich skeptisch an, während die Krankenschwester meine Hand verbindet. Ich nicke. Wir sind im Klösterchen, dem kleinen Krankenhaus neben der Schule. »Und dabei bist du abgerutscht und hast dir die Schere in die Hand gestoßen, ja?« Herrn Freeges Hemd ist nur noch an wenigen Stellen hellblau, so verschwitzt ist er inzwischen. Ich nicke noch mal. »Ja, genau so war es.« Herr Freege schaut mir in die Augen, ohne zu zwinkern. Ich versuche, seinem Blick nicht auszuweichen, und wünsche mir, die Krankenschwester würde so etwas sagen wie Bitte, mein Herr, die Patientin braucht Ruhe!, aber sie wickelt nur stumm weiter meine Hand ein. »Na gut«, sagt Herr Freege schließlich. Er sieht enttäuscht aus. Irgendwie tut es mir leid, dass ich ihm nicht sagen kann, was wirklich passiert ist. Aber schließlich bin ich es, an der Valeskas Clique sich rächen würde. Er kann gleich seinen dicken Parka über sein verschwitztes Hemd ziehen, in seinen VW Passat steigen und nach Hause in sein Reihenhaus zu seiner Frau fahren. Vor ein paar fünfzehnjährigen Furien braucht Herr Freege keine Angst zu haben. »Ist in Ordnung, Pia.« Sein Blick wird weicher, als hätte er meine Gedanken gelesen.

»Fertig«, sagt die Krankenschwester, »eine Woche keinen Sport, und wenn die Hand sich entzündet und schmerzt, zum Arzt gehen.«

Als ich mit Herrn Freege aus dem Behandlungszimmer komme, werden wir sofort von Georgina, Anke und Jule umringt, die wild durcheinanderrufen. Herr Freege hebt die Hände. »Macht euch keine Sorgen«, sagt er, »Pia ist nur beim Nagelschneiden abgerutscht. Gute Besserung.« Er geht den Gang hinunter, ohne sich noch mal umzudrehen. Die anderen stehen stumm um mich herum. »DAS hast du ihm erzählt?«, sagt Jule irgendwann. Ich nicke. Und sehe, wie jede meiner Freundinnen auf diese Nachricht hin einen für sie typischen Gesichtsausdruck annimmt: Anke schaut nachdenklich, Jule amüsiert, und Georgina lacht. »Und das hat er geglaubt?« Jule kann es offenbar gar nicht fassen, dass Herr Freege sich so verarschen lässt. »Ist doch viel bequemer für ihn«, sagt Anke, »da braucht er nichts zu unternehmen. War ja bloß ein Unfall. Wenn Pia ihm gesagt hätte, das Valeska Paula ganze Haarsträhnen abschneidet, während er selbst geistig in Italien am Strand liegt …« »Das gibt Ärger«, ruft Jule dazwischen, und irgendwie scheint uns allen klar zu sein, dass damit nicht Ärger mit Herrn Freege gemeint ist. Für einen Moment sehen wir uns schweigend an. »Das war ja sehr edel von dir, Paulas Haarpracht zu verteidigen, aber vielleicht hättest du doch besser vorher nachdenken sollen«, sagt Georgina dann. »Ich meine, Paula ist noch nicht mal deine Freundin oder so. Eigentlich ist sie reichlich seltsam.« Ich hasse es, wenn Georgina so redet.

Das kriegt Georgina natürlich nicht mit. »Na ja, jetzt ist es zu spät. Kannst du nur fürs nächste Mal draus lernen.« Sie lächelt und hakt sich bei mir unter. »Ich schlage vor, wir gehen erst mal etwas essen.«

ERST MAL WAS ESSEN ist Georginas Lösung für alle Lebenslagen. Das sieht man ihr auch an: Georgina ist nicht gerade schlank. Sie ist auch nicht direkt dick, aber neben Valeska und ihren superdünnen Freundinnen sieht Georgina schon etwas rundlich aus. Trotzdem hat noch nie jemand Georgina dick genannt. Nicht mal Valeska. Es ist, als hätte Georgina einen unsichtbaren Schutzmantel um.

»Für mich das *Ciabatta Caprese*«, sagt sie jetzt zu dem Kellner im *Casablanca*, unserem Stammcafé. Der Kellner wird rot vor Freude, dass er Georgina bedienen darf, und eilt von dannen. »Entschuldigung!«, ruft Jule ihm nach. »Dürfen wir auch noch was bestellen?« Der Kellner macht auf dem Absatz kehrt, nimmt unsere Bestellung auf und verschwindet in Richtung Küche. Georgina lächelt und schaut erwartungsvoll in die Runde. »Seid ihr schon gespannt?« Wir sehen uns an. »Worauf?«, fragt Jule. »Ob Valeska schon Rachepläne gegen Pia schmiedet?«, sagt Anke mit ihrer piepsigen Stimme und schaut mich besorgt an. Ich sehe weg. »Quatsch!« Georgina macht eine ungeduldige Handbewegung und fegt dabei fast das Ciabatta vom Tisch, das der Kellner gerade vor sie gestellt hat. »Was ich heute im Keller entdeckt habe, natürlich!« »Eine Karte, auf der das gemäßigte italienische Klima zu besichtigen ist!«, sagt Jule in einer ziemlich guten Imitation von Herrn Freeges Stimme. Dann nimmt sie einen Schluck von ihrem Tee und setzt den Becher gleich wieder ab. »Autsch, heiß!« »Unsinn! Nicht die Karte!« Georgina macht eine lange dramaturgische Pause, in der sie sich im Café umsieht, als würden an allen Tischen um uns herum Spione sitzen, die möglichst unauffällig hinter ihren Zeitungen hervorlugen. Sie beugt sich über den Tisch ganz nah zu uns heran. »Unter der Schule«, flüstert sie, »befindet sich eine riesige Küche!« Wir sagen nichts. Georgina lehnt sich zurück und beißt zufrieden in ihr Ciabatta. »Und was hast du da entdeckt?«, fragt Jule. Georgina sieht sie verständnislos an. »Die Küche IST die Entdeckung!« »Das hatte ich befürchtet.« Jule rauft sich die Haare, was ein sicheres Zeichen dafür ist, dass ihr etwas überhaupt nicht gefällt. Weil ihre Haare so kurz sind, stehen sie nach Jules Rauf-Anfällen immer komplett wirr nach allen Seiten ab. Das gibt Jule ein wirklich verzweifeltes Aussehen. Jetzt reibt sie sich auch noch die Schläfen, als hätte sie einen Migräneanfall. Georgina lässt sich nicht beeindrucken und lächelt uns weiter begeistert an. Anke schiebt sich hektisch die Brille hoch. Sieht aus, als würde sie etwas Verbotenes wittern. »Was hast du vor?« Auch wenn Anke mir oft mit ihrer Überängstlichkeit auf die Nerven geht, kann ich sie verstehen. Georgina ist berühmt dafür, uns in unangenehme Situationen zu bringen. Das ist kein Wunder, denn Georginas Lebensmotto lautet: TU JEDEN TAG ZEHN VERBOTENE DINGE. Bei Georgina zu Hause ist so ziemlich alles verboten. Georgina darf nicht mit Schuhen in die Wohnung, Georgina darf nicht auf dem Nachhauseweg trödeln, Georgina darf kein Licht in leeren Räumen anlassen, Georgina darf kein Marmeladenbrot auf der Couch essen, und Georgina darf nicht ohne ihre Mutter kochen. Durch diese vielen Verbote kriegt Georgina problemlos zehn verbotene Dinge am Tag zusammen.

»Wir gründen einen DINNER CLUB!«, sagt Georgina jetzt, und ich kann uns kollektiv aufatmen hören. Das klingt erst mal ziemlich legal. »Und was soll das sein?«, fragt Anke, nachdem die erste Erleichterung abgeklungen ist. Georgina seufzt. »Selig sind die geistig Armen. Ich erklär's euch: Wir kochen und essen zusammen!« »Essen ist ja okay, aber wer will schon kochen?« Jule sieht Georgina an. »Na wir!« Georgina macht eine Handbewegung, die den ganzen Tisch einschließt. »Nein, du«, sagt Jule und zeigt auf Georgina. Das stimmt allerdings. Keine von uns ist so kochbegeistert wie Georgina, die ihr Zimmer mit Bildern von Jamie Oliver und Tim Mälzer gepflastert hat und abends im Bett Kochbücher liest. Jule würde eher einen Fußball-Club gründen, Anke einen Soziologie-Club und ich … Keine Ahnung, was für einen Club ich gerne hätte. Jedenfalls keinen Dinner Club. »Ich bring euch allen das Kochen bei, das wird grandios!« Georgina merkt gar nicht, dass am Tisch keine allgemeine Begeisterung aufkommt. »Wir kochen uns tolle Menüs, dann stylen wir uns und essen bei Kerzenschein! Da unten steht auch ein riesiger Eichentisch!« Bei ›Stylen‹ verdunkelt sich Jules Miene noch mehr, während Anke etwas interessierter aussieht. »Och, Mädels!« Georgina fährt ihre süßeste Stimme auf. »Bittebittebittebittebitte!« Anke räuspert sich. Jule wippt nervös mit dem Fuß. »Wir stimmen ab, WER IST DAGEGEN?«, sagt sie schnell. Wahrscheinlich spürt sie so wie ich, dass die Stimmung anfängt, sich zu Georginas Gunsten zu entwickeln. »Also, wer ist dagegen?«, fragt Jule und hebt demonstrativ den Arm. Sie sieht sich um. Alle Hände bleiben unten. Jule lässt ihren Arm langsam sinken. »Juchu, danke!«, ruft Georgina und umarmt Jule, die unter der Umarmung immer weniger sauer und enttäuscht aussieht. Ich schaue die beiden an und bewundere Georgina: Jede andere an ihrer Stelle hätte jetzt Jule triumphierend angesehen, aber Georgina tut stattdessen so, als hätte Jule höchstpersönlich ihr ermöglicht, einen Dinner Club zu gründen. Und sogar Jule merkt das nicht. Die lächelt jetzt fast so, als wäre ein Dinner Club das, wovon sie schon seit Monaten träumt. »Morgen fragen wir Freegie in der ersten großen Pause, okay? Am besten nennen wir das Ganze Koch-AG oder so, sonst kapiert er das nicht.« Georgina zieht ihre Jacke an. »Ich muss los, bis morgen! Juchu!« Sie springt in die Luft, winkt uns zu, dreht sich um und läuft los.

Anke und ich haben den gleichen Nachhauseweg. Eine Weile gehen wir still nebeneinanderher, dann sagt Anke: »Weißt du, was Jules Fehler war?« Ich schüttele den Kopf. »Was denn?« Anke antwortet nicht gleich, vielleicht will sie die Spannung erhöhen, oder sie weiß die Antwort selbst nicht. Ich sehe sie von der Seite an: Sie trägt ihre blonden Haare wie immer in einem Pferdeschwanz, der beim Gehen hin und her wippt. Auf der Nase hat sie ihre runde goldene Brille, ohne die sie so gut wie nichts sieht. Und auf dem Rücken trägt sie ihren rosa-türkisfarbenen Rucksack. »Jule hätte die Frage umgekehrt formulieren müssen«, sagt sie jetzt. »Menschen sind eher bereit, einem Vorhaben ihre Zustimmung zu verweigern, als sich offen dagegenzustellen.« Damit hat Anke mich mal wieder überrumpelt. Sie sieht vielleicht aus wie zwölf, aber sie redet wie eine Soziologieprofessorin oder so was. Ich denke nach. »Also meinst du, sie hätte fragen sollen, wer **dafür** ist?« Anke nickt. Ich stelle mir vor, Jule hätte das so gesagt, und kann direkt in meinem Arm spüren, wie viel leichter es gewesen wäre, ihn auf die Frage »Wer ist dafür?« unten zu lassen, als ihn auf Jules »Wer ist dagegen?« hochzuhalten. »Interessant«, sage ich zu Anke.

»PIA, HALLO, WIE GEHT'S?«

Anke und ich schauen uns um. Auf der anderen Straßenseite steht Leonie. »Ich freu mich schon, dich morgen zu sehen!«, schreit sie. »Und besonders liebe Grüße auch von Valeska! Bis dann!« Sie winkt und wirft mir eine Kusshand zu. Anke schaut mich besorgt an und schüttelt den Kopf. »Soll ich dich noch nach Hause bringen?« Ich versuche zu lachen. »Ach was, die steht doch total auf mich!« »Okay«, sagt Anke, »alles Gute!« Leonie läuft mir tatsächlich noch ein paar Häuserecken hinterher und wirft mir jedes Mal eine Kusshand zu, wenn ich mich umdrehe. Keine Ahnung, was die anderen Leute denken. Wahrscheinlich, dass das eine Kunstaktion ist oder so. Kurz bevor ich zu Hause bin, biegt sie endlich ab.

Zu Hause lege ich mich aufs Sofa. Ich bin total durchgeschwitzt und außer Atem. In meiner verbundenen Hand klopft das Blut. Was habe ich da bloß gemacht? Ich Idiot, ich Vollidiot, ich vollkommener Trottel, ich komplett idiotischer Volltrottel. Wozu habe ich mich ein halbes Jahr lang angestrengt, unter Valeskas Radar zu fliegen, wenn ich mich jetzt im Bruchteil einer Sekunde ins Scheinwerferlicht stelle? Was ist vorhin nur in mich gefahren? Und das für Paula, mit der ich noch nicht mal richtig befreundet bin. Paula, die ihren Namen durch ihre Streberei und ihre ganze seltsame Art selbst auf Valeskas Abschussliste geschrieben hat. Was mische ich mich da ein? Am liebsten würde ich Paula anrufen und ihr sagen, was sie mir angetan hat. Gerade als ich mir ausmale, wie ich sie beschimpfen würde, klingelt das Telefon.

Es ist nicht Paula, sondern Georgina, die nur drei Worte sagt: »Kaffee und Kuchen?« »Jaaaa!« Ein gepflegtes Kaffeetrinken bei Georgina ist genau das, was ich jetzt brauche. Und **gepflegt** ist kein Scherz: Bei Georgina gibt es jeden Nachmittag, wenn ihr Vater von der Arbeit kommt, Kaffee und Kuchen. Den Kuchen backt Georginas Mutter frisch, und er ist absolut unschlagbar. Georgina geht das tägliche Kaffeetrinken ziemlich auf die Nerven, und deshalb ist es auch alles andere als selbstlos, dass sie mich ständig dazu einlädt. Mit mir zusammen kann sie das Ganze einfach besser ertragen.

Auf dem Weg zu Georgina sehe ich Valentin an einer Bushaltestelle stehen. Sofort fliegen die Schmetterlinge in meinem Bauch auf. SPRICH IHN AN!, rufen sie. Und was soll ich sagen? WARTEST DU AUF EINEN BUS?, schlagen die Schmetterlinge vor. Die sind wirklich selten blöd. Zum Glück steigt Valentin in einen Bus Richtung Innenstadt ein, bevor ich mich lächerlich machen kann. Ich seufze. Die Schmetterlinge auch.

Als ich bei Georgina ankomme, ist der Tisch im Wohnzimmer schon gedeckt, und es duftet sehr, sehr gut nach Kaffee. Georginas Mutter kommt aus der Küche, entdeckt mich und ruft ganz begeistert: »Pia, wie schön, wie wunderbar, ich freu mich so, dass du da bist!« Georgina verdreht hinter ihrem Rücken die Augen. Ich selbst finde es eigentlich toll, wie herzlich Georginas Mutter ist. Klar ist es etwas komisch, dass sie mich jedes Mal so begrüßt, als wäre ich gerade von einer zweijährigen Weltumseglung zurückgekehrt, aber trotzdem freue ich mich immer wieder darüber. Als Georginas Vater nach Hause kommt, wiederholt sich das Ganze, nur dass sie ihn auch noch küsst. Georginas Vater lacht uns an, während er unter der Umarmung seiner Frau begraben ist. Er ist genauso groß wie Georginas Mutter, nur sehr viel dünner, und hat schon eine ziemlich kahle Stelle auf dem Kopf. Die Haare hat Georgina von ihrer Mutter, so viel ist sicher.

Als wir alle am Tisch sitzen und Kuchen essen, fragt Georginas Mutter: »Was ist denn mit deiner Hand passiert, Pia?« Ich will mit meiner Nagelscheren-Geschichte loslegen, aber Georgina ist schneller. »Pia ist beim Werken abgerutscht.« Ihr Vater sieht mich mitfühlend an. »Oje.« Ich schaue aus dem Fenster. Draußen fällt in dicken weißen Flocken Schnee. »Werken?« Die Stimme von Georginas Mutter klingt schrill. Ich muss mich richtig anstrengen, meinen Blick von den Schneeflocken loszureißen. »Seit wann habt ihr Werken? Das frage ich mich auch. Die Nagelscheren-Geschichte wäre doch glaubwürdiger gewesen. In der Schule soll man nicht die Hände üben, sondern den Kopf!« Georginas Mutter legt ihre Hand auf die von Georginas Vater. »Ich hab dir gesagt, diese Schule ist nicht das Richtige für Georgina!« Georgina stöhnt. »Mama!« »Schatz«, Georginas Vater zieht seine Hand weg, »das müssen wir nicht **schon wieder** besprechen, oder?« Georginas Mutter sieht ziemlich beleidigt aus. »Wenn Georgina sich mehr angestrengt hätte, könnte sie auf eine bessere Schule gehen.« Georgina stöhnt noch lauter. Ich wünschte, ich wäre unsichtbar. Die peinliche Stille, die jetzt über dem Tisch liegt, ist noch unangenehmer als das Gezeter von Georginas Mutter. »Wir haben übrigens was Tolles vor!«, sage ich, als ich das Schweigen nicht mehr ertragen kann. Georginas Eltern sehen mich gespannt an. Ich nicke Georgina zu, die mir stumm irgendwelche Gesten macht. Eine sieht so aus, als würde sie sich mit der Hand den Kopf vom Hals abschneiden. »Was denn Tolles?«, sagt Georginas Vater. »Jetzt macht's doch nicht so spannend!« »Ich, wir …«, sage ich, »wir –« »Wir machen ein Projekt über das Klima in Italien!«, ruft Georgina dazwischen. Georginas Eltern nicken interessiert. »Unsere Georgina«, sagt ihre Mutter, »wird mal eine ganz große Wissenschaftlerin!« Sie streicht Georgina über die Wange. Georgina lächelt, sieht dabei aber ziemlich traurig aus.

»Tut mir leid«, sage ich zu Georgina, als wir später auf dem Sofa in ihrem Zimmer sitzen. »Schon okay.« Georgina seufzt. »Ich glaube einfach nicht, dass sie das gut fänden, verstehst du?« Ich nicke, obwohl ich das eigentlich nicht so ganz verstehe. Georgina sieht zu Jamie Oliver hoch, der ihr gegenüber von der Wand lächelt. »Wenn wir den Dinner Club haben, kann ich endlich so viel kochen, wie ich will.« Ich schaue Jamie Oliver an, der auf dem Poster neben einer italienischen Oma sitzt und irgendein Gemüse in der Hand hält. »Ich versteh das nicht. Meine Mutter wäre froh, wenn ich mal was kochen würde.« Georgina reißt sich von Jamie Oliver los und schaut mich an. »Du hast doch gehört, ich soll Wissenschaftlerin werden. Kochen heißt für meine Mutter automatisch: Hausfrau sein. Und Hausfrau sein ist für sie das Allerletzte.« »Aber sie ist doch selbst Hausfrau!« »Eben.« Ich sehe mich in Georginas Zimmer um, das so sauber und ordentlich ist wie meines noch nicht mal direkt nach dem Aufräumen. »Deine Mutter wirkt so, als fände sie ihr Hausfrauendasein gar nicht so schlimm.« Georgina steht auf, holt sich ein Kochbuch aus dem Regal und schlägt es auf. »Findet sie auch nicht«, sagt sie, während sie das Buch durchblättert, »aber sie hatte nie die Wahl. Sie durfte nicht studieren, sondern musste auf die Hauswirtschaftsschule. Da kommt sie einfach nicht drüber weg. Ist ja auch erst **zwanzig** Jahre her.« Georgina lacht trocken. Ich sehe sie an, wie sie das Buch durchblättert und die Seiten so fest umdreht, dass sie fast reißen. In meinen Augen ist Georgina ganz schön hart mit ihrer Mutter. Immerhin tut sie alles dafür, dass Georgina und ihr Vater dieses gemütliche Zuhause haben, mit Kuchen und Kaffeeduft und allem Drum und Dran. Vielleicht sollte Georgina sich öfter mal mutterseelenallein vor dem Fernseher eine Tiefkühlpizza reinziehen. »Jamie Oliver«, sagt Georgina, »hat mit acht angefangen zu kochen! Wenn ich nicht bald mehr übe, habe ich keine Chance!« Sie holt ihr Rezeptheft heraus und schreibt etwas hinein. »Ich kann nicht immer nur Rezepte schreiben, ohne sie auszuprobieren, das ist, als würde ich komponieren ohne Musikinstrument!« Sie schleudert das Heft in die Ecke. Dann lächelt sie plötzlich. »Ich hab gestern Oma auf Skype von der Schulküche erzählt. Sie war begeistert!« Georginas Oma wohnt in einem winzigen Dorf in Italien, und Georgina fährt jedes Mal hin, wenn sie Ferien hat. Da kochen sie dann zusammen, und Georgina kommt immer total euphorisch zurück. Beim letzten Mal hat Georgina ihrer Oma auf dem alten PC von ihrem Cousin Skype installiert. Ich war einmal dabei, als Georgina mit ihrer Oma geskypt hat, das war einfach köstlich, auf dem Bildschirm so eine süße kleine alte Oma zu sehen, die jede Menge auf Italienisch erzählt. »Z I M T«, sagt Georgina, holt das Heft aus der Ecke und schreibt. Eigentlich wollte ich noch mit Georgina über meine Valeska-Sorgen reden, aber ich kenne diesen Zustand. Jetzt ist sie für die nächste Stunde nicht mehr ansprechbar. »Bis morgen«, sage ich zu Georgina, sehe, wie sie mir abwesend zunickt, hole meinen Mantel von der Flurgarderobe und gehe.

Im Bus überlege ich, was ich jetzt machen soll. Zu Hause sitze ich doch nur alleine herum, Mama kommt erst in drei Stunden von der Arbeit. Shoppen betteln die Schmetterlinge in meinem Bauch, wir wollen shoppen gehen! Na gut. Vielleicht ist Valentin noch in der Stadt unterwegs. Ich steige an der Fußgängerzone aus dem Bus. Die Schmetterlinge lieben Parfümerien und überzeugen mich mit der Hilfe einer ziemlich aufdringlichen Verkäuferin davon, dass Valentin den Geruch von *Flower* absolut unwiderstehlich finden wird. Als hätte ich nicht schon genug Geld ausgegeben, ziehen sie mich im Anschluss in einen Klamottenladen rein und schwatzen mir einen roten Pullover auf. Kaum habe ich den bezahlt, kommandieren sie mich an einen Ständer mit kurzen Rüschenkleidern. »Viel zu kalt für den Winter«, weise ich sie zurecht. Sie machen Bsssssssssss so romannnnnnntisch … aber wenn du meinst, dann eben nicht und zucken mit den Flügeln. Schließlich gebe ich nach und nehme das Kleid mit in die Umkleidekabine. Ich ziehe mich aus und sehe mich im Spiegel an. Zu dünn!, summen die Schmetterlinge, mehr essen! Und diese Naaaase … Aber wenn ich mehr esse, bekomme ich bestimmt auch keine größeren Brüste. Und die Nase klein essen kann ich mir auch nicht. Scheiße, stimmt, summen die Schmetterlinge und setzen sich erst mal hin. Ich ziehe das Kleid über.

»HUHU, PIA!«

Das waren nicht die Schmetterlinge. Da steht jemand vor der Kabine. Vor Schreck friere ich in der Bewegung ein. »Piiiiia, bist du da drin? Dürfen wir auch mal schauen? Du siehst sicher ganz BEZAUBERND aus!« Ich stehe mit dem Kleid über dem Kopf da und kann mich nicht bewegen. Mein Herz schlägt so laut, dass man es garantiert vor der Kabine hören kann. »PIA, WAS IST DENN?« Ich schlucke so fest ich kann, sonst fange ich gleich an, in das Kleid zu heulen. Jemand reißt den Vorhang zur Seite. Ich zerre und zerre und kriege das Kleid endlich über den Kopf. Vor mir stehen Leonie und Mareike. Sie schauen mich von oben bis unten und von unten bis oben an. »Herzallerliebst«, sagt Mareike. »Der letzte Schrei«, flötet Leonie. »Würde auch Valeska gefallen, von der wir dich übrigens schön grüßen sollen.« Mareike hält ihr Handy hoch. »Wie wär's, wenn wir ihre Meinung zu diesem schicken Kleid einholen? Dafür sollten wir noch mal ein Foto machen, auf dem du das Kleid nicht AUF DEM KOPF trägst. Obwohl – eigentlich hat es mir fast besser gefallen.« Ich versuche, den Vorhang zuzuziehen, aber Leonie hält ihn fest. Mareike tippt auf ihrem Handy herum und richtet es auf mich. Ich reiße so fest an dem Vorhang, wie ich kann. Leonie zieht in die andere Richtung. »Moment, ich zoome mal auf Pias weibliche Rundungen.« Mareike tippt zwei Mal auf das Display. Ich stoße sie zurück und will Leonie den Vorhang aus der Hand reißen. Einen Moment später liegen wir zu dritt unter dem Vorhang begraben auf dem Boden.

Unter den gegebenen Umständen sind die Verkäuferinnen und der von ihnen gerufene Sicherheitsmann eigentlich relativ nett. Sie schreien uns nur ein bisschen an, stellen uns eine Rechnung für den heruntergerissenen Vorhang aus und erteilen uns lebenslanges Hausverbot. Vor der Tür zischen Leonie und Mareike mir zu, dass ich das büßen werde, und ziehen ab.

Als Mama abends von der Arbeit nach Hause kommt, entdeckt sie natürlich sofort meine verbundene Hand.

Sie nimmt mich in den Arm und streichelt mir über den Kopf. »Was ist denn passiert? Warum hast du mich nicht angerufen?« Ich habe den ganzen Nachmittag darüber nachgedacht, ob ich Mama die gleiche Geschichte wie Herrn Freege erzählen soll, aber sie ist einfach nicht so blöd wie er. Außerdem hat sie als Kommissarin jede Menge Erfahrung mit lügenden Zeugen. Also verkaufe ich ihr eine leicht abgespeckte Version der Wahrheit, in der Valeska etwas wild mit der Schere in der Luft herumfuchtelt und ich mich melden will und wir dabei leider, leider kollidieren. »Du meldest dich aber mit Schwung«, sagt Mama. »Ja.« Sie schaut mich an, und ich kann in ihren Augen sehen, wie wenig sie mir glaubt. Mama zu belügen tut irgendwie noch mehr weh, als die blöde Schere in meine Hand zu kriegen. Aber ich kann nicht riskieren, dass sie zu Freege läuft und Valeska anschwärzt. Oder, noch schlimmer: Valeska wegen Körperverletzung anzeigt. Dann habe ich für den Rest meines Lebens Valeskas Clique am Hals. »Mama«, sage ich und befreie mich aus ihrer Umarmung, »wenn es was Schlimmes wäre, würde ich es dir sagen, okay?« Mama seufzt. »Okay.«

AM DIENSTAGMORGEN bin ich Valeska fast ein bisschen dankbar dafür, dass sie mir eine Schere in die Hand gerammt hat. Dienstags haben wir in den ersten beiden Stunden Sport. Wenn man kein Sportattest in der Tasche hat, heißt das, um acht Uhr morgens, mit anderen Worten: mitten in der Nacht, in der eiskalten Umkleide umziehen und dann im schweißigen Hallengeruch Aufwärmrunden laufen. DIE HÖLLE. Jedenfalls, wenn man meinen Biorhythmus fragt. Aber den fragt keiner. Und schon gar nicht Herr Lehnert, unser dicker Sportlehrer. Wobei ich den Verdacht habe, dass sein eigener Biorhythmus auch eher für um acht Uhr morgens im Bett liegen gemacht ist. Herr Lehnert pustet in den ersten beiden Stunden immer dermaßen müde in seine Trillerpfeife, dass man Angst bekommt, das könnte sein letztes Pfeifen gewesen sein. Den Ausdruck ›Aus dem letzten Loch pfeifen‹ habe ich erst durch Herrn Lehnert richtig kapiert. Vielleicht sollte ich ihm mal eins von Mamas Biorhythmus-Büchern mitbringen. Die heißen *Aktiv leben mit der inneren Uhr* und *Endlich im Rhythmus mit mir selbst* oder so und verstopfen zusammen mit Mamas Singlebüchern das halbe Bücherregal im Wohnzimmer. Die Singlebücher haben so tolle Titel wie *Wach*

auf, Dornröschen! und *Glücklich allein mit mir*. Mama hat sie alle gekauft, nachdem Papa sie vor drei Jahren für eine dicke dunkelhaarige Schlampe (O-Ton Mama nach zwei Gläsern Wein) verlassen hat. Keine Ahnung, wie interessant die Singlebücher für Herrn Lehnert wären, aber wenn er mal mehr auf seine innere Uhr hören würde, könnte er sicher bald wieder ordentlich trillern. Na ja, mir kann es egal sein. Ich sitze heute gemütlich auf der Bank und schaue mir das Elend vom Rand aus an. Herr Lehnert lässt ein schwächliches Pfiffeln raus und sagt: »Volleyball, Jungs rechte Hallenhälfte, Mädchen linke, bei den Jungs wählen Moritz und Hannes, Malte und Finn, bei den Mädchen Georgina und Valeska, Eva und Lea.« Die Jungs rennen sofort ekelhaft begeistert in die rechte Hallenhälfte, Georgina, Paula und Jule schleppen sich in die linke. Valeska hüpft ihrem Fanclub wie ein übermotiviertes Springpferd voraus. Als Georgina, Anke und Jule auf dem Spielfeld ankommen, stehen Valeska und die anderen schon auf ihren Positionen. Valeska hat die Kapuze ihrer Jacke weit ins Gesicht gezogen und schaut darunter lauernd hervor. Dann zieht sie die Jacke aus, schmeißt sie an den Rand und reibt sich die Hände. »HALLO, LIEBE PIA!«, ruft sie zu mir herüber und winkt. Mir wird schlecht. Georgina und Jule sehen mich verständnislos an. Anke nickt düster. »HALLO, LIEBE PIA«, rufen auch die versammelten Valeska-Klone. Leonie, Mareike und Lara haben sich die Haare so aufgehellt, dass sie genauso blond sind wie Valeska, und tragen exakt die gleichen Sportklamotten wie sie: winzige Hotpants und Tops, so als wären wir hier am Strand beim

Beachvolleyball. Auf ihre Oberteile haben sie sich *Val, Leo, Mar* und *Lar* drucken lassen. Fehlt nur noch, dass sie sich die Namen von irgendwelchen Sponsoren auf den Arsch schreiben. Allerdings muss ich zugeben, dass sie wirklich wie eine Mannschaft aussehen, Jule, Anke und Georgina dagegen eher, als hätten sie sich gerade zufällig hier getroffen: Georgina trägt eine blaue Jogginghose und ein T-Shirt, auf dem *Kiss the Cook* steht, Anke hat rosafarbene Gymnastikhosen und ein weißes T-Shirt an, und Jule ist wie immer in ihrem Basketballtrikot gekommen. Herr Lehnert wollte Valeskas Mannschaft mal beibringen, dass sie bitte nicht halb nackt zum Sportunterricht erscheinen sollen, aber die vier haben ihn total auflaufen lassen. Was keine große Kunst ist. Herr Lehnert ist nicht gerade der Fixeste. Immerhin denkt er ja auch immer noch, wir würden jedes Mal neue Mannschaften wählen. In Wirklichkeit war schon beim ersten Mal klar, wie wir uns aufteilen: Valeska und ihre Groupies auf die eine Seite, wir vier auf die andere und Paula auf die Bank.

Nur dass heute auch ich auf der Bank sitze.

»Herr Lehnert! Wir haben einen zu wenig!«, ruft Georgina zu Herrn Lehnert rüber, der wie immer bei den Jungs steht und uns komplett ignoriert. Während Georgina noch versucht, die Aufmerksamkeit von Herrn Lehnert zu bekommen, schmettert Valeska den Ball übers Netz und zielt dabei auf Georgina. Keine Ahnung, wie Georginas Biorhythmus das macht, aber sie dreht sich gerade rechtzeitig und nimmt den Ball an. Ich sehe, wie sie dazu ansetzt, zurückzuschmettern. »HEY, VALESKA!«, rufe ich und winke. Valeska schaut tatsächlich zu mir. Und schreit auf, als der Ball sie im Gesicht trifft. Sie hält sich die Hände vors Gesicht. Dazwischen sehe ich Blut sickern. »Scheiße«, sagt Jule und läuft zu Valeska herüber. Aber die ist schon von ihren Anhängerinnen umringt, und einen Moment später hat auch Herr Lehnert gemerkt, dass was nicht stimmt. Er drängt Valeskas Fanclub zur Seite und beugt sich zu ihr runter. Valeska stöhnt.

Und dann kommt Herr Lehnert zu mir. Scheiße. »PIA.« Herr Lehnert baut sich vor mir auf und stemmt die Hände in die Seiten. Mir wird schlecht. Ich höre die anderen den Atem anhalten. »Pia«, sagt Herr Lehnert noch mal. »Würdest du so nett sein und Valeska ins Krankenhaus begleiten? Sie hat vermutlich nur Nasenbluten, aber ich will ganz sichergehen, dass es nichts Schlimmeres ist.« Ich sehe Herrn Lehnert an und versuche, in seiner Ansprache die Wörter ›KÖRPERVERLETZUNG‹, ›SCHULVERWEIS‹ und ›DIREKTOR‹ herauszuhören. »Pia!«, sagt Herr Lehnert noch mal. Georgina stößt mich an. Das befreit mich aus meiner Starre. »Wieso ich?« »Valeska will, dass du mitkommst«, sagt Herr Lehnert, als wäre das ganz selbstverständlich. Ich schlucke. »In Ordnung.«

Auf dem Weg ins Klösterchen reden Valeska und ich kein Wort. Sie hält sich ein Taschentuch vor die Nase und ignoriert mich. Ich gehe immer einen halben Schritt hinter ihr, weil ich ihr auch in diesem angeschlagenen Zustand nicht den Rücken zudrehen will. Keine Ahnung, was sie damit bezweckt, mich zum Händchenhalten mit ins Krankenhaus zu nehmen.

Im Klösterchen schaut die Krankenschwester mich an, als würde ich ihr langsam auf die Nerven gehen. »Sportunfall«, nuschelt Valeska unter ihrem Taschentuch hervor und drückt der Krankenschwester ihre Versicherungskarte in die Hand.

Ich warte auf einer Bank im Gang. Zum Glück gibt es jede Menge Illustrierte, sodass ich mich etwas von der Frage ablenken kann, was vorhin in mich gefahren ist. Auf der Seite, die ich aufschlage, geht es um irgendeine Wohltätigkeitsgala. Ich schaue die Bilder an und lese die Bildunterschriften, ohne wirklich was mitzubekommen. Das ist auch egal, denn bei solchen Zeitschriften steht im Text eigentlich immer genau das, was auf dem Foto sowieso zu sehen ist, zum Beispiel neben einem Bild von einer blonden Frau in einem pinken Kleid mit Pailletten: **Die blonde Schauspielerin trug ein pinkes Kleid mit romantischem Paillettenmuster**. Gut, dass das danebensteht. Wäre mir sonst gar nicht aufgefallen.

Es dauert ewig, bis Valeska wieder auftaucht. Ihre Nase sieht ganz normal aus, und das Nasenbluten hat auch aufgehört. Ich stehe auf, lege die Zeitschrift weg und gehe auf sie zu. »Hast Glück gehabt«, sagt sie, »nichts gebrochen.« Und dann geht sie los, den Gang hinunter, ohne sich noch mal umzudrehen.

»Ganz klar, die will uns moralisch kommen«, sagt Georgina, als ich eine halbe Stunde später mit den anderen in der Pausenhalle unter der großen Treppe auf dem Boden sitze. »Was heißt hier **moralisch kommen**?« Jule sieht Georgina empört an. »Ist schon klar«, sage ich, »war wohl echt nicht so korrekt von mir.« »Quatsch, das war richtig gut! Das nenne ich mitdenken!« Georgina haut mir anerkennend auf den Rücken. Jule spielt an ihrer Armbanduhr herum und sieht uns nicht an. Anke schaut zwischen uns hin und her. Ich kann ihr richtig ansehen, wie sie fieberhaft überlegt, was sie jetzt Versöhnliches sagen könnte. Anke kann Streit nicht ertragen. »Das ist doch erst mal eine Frage der Definition von **moralisch**«, sagt sie dann, »es kann sowohl als moralisch gerechtfertigt gelten, etwas mit gleicher Münze zurückzuzahlen, als auch, die andere Wange hinzuhalten.« Sie schaut in die Runde, als würde sie ernsthaft erwarten, dass wir das jetzt wissenschaftlich ausdiskutieren. »Hä?«, macht Georgina. Jule fängt als Erste an zu lachen, dann können wir uns alle nicht mehr halten. Georgina nutzt die gute Stimmung gleich aus: »Und jetzt«, sagt sie, als wir uns einigermaßen beruhigt haben, »gehen wir zu Herrn Freege.«

Um in der Pause an einen Lehrer heranzukommen, muss man am Lehrerzimmer klopfen und demjenigen, der die Tür aufmacht, sagen, wen man sprechen möchte. Während der Lehrer dann geholt wird, kann man manchmal einen kurzen Blick ins Lehrerzimmer werfen, was ich immer wieder faszinierend finde. Das ist echt eine Welt für sich: Da sitzen die Lehrer nebeneinander an einem langen Tisch, essen ihre Stullen und trinken aus ihren mitgebrachten Thermosflaschen. Und sehen dabei vollkommen anders aus, als wenn sie vorne in der Klasse stehen. Im Lehrerzimmer kann man den Lehrer in seinem natürlichen Lebensraum beobachten, wie Anke mal gesagt hat. Vielleicht deswegen machen die Lehrer die Tür auch immer nur einen winzigen Spalt auf.

So wie jetzt auf Georginas Klopfen Frau Frampe-Kleinert, die uns durch den Türspalt anschaut, als wären wir eine Horde Hausierer oder Zeugen Jehovas. Ich warte gerade darauf, dass sie »Wir kaufen nichts an der Haustür« sagt, da ringt sie sich endlich ein »Ja, was gibt's?« ab. »Wir möchten gerne mit Herrn Freege sprechen«, sagt Georgina. Frau Frampe-Kleinert nickt, zieht ihren Kopf aus dem Spalt und verschwindet. Ich stelle mich so, dass ich ein bisschen ins Lehrerzimmer spähen kann, und sehe ausgerechnet Herrn Kröve, unseren Mathelehrer, der es liebt, mich an der Tafel zu quälen. Jetzt holt er gerade ein Butterbrotpaket aus seiner Aktentasche und wickelt es ganz langsam und gewissenhaft aus. Bevor ich mehr sehen kann, öffnet sich der Spalt plötzlich ganz weit, und Herr Freege erscheint. Mit ihm kommt ein Schwall Zigarettenrauch heraus. Frau Frampe-Kleinert musste Herrn Freege bestimmt aus dem Raucherzimmer fischen. »Was gibt es?« Er schaut uns ziemlich ungeduldig an. »Herr Freegie, äh, Freege«, sagt Georgina, »Sie haben doch vor Kurzem gesagt, dass es nicht genug Arbeitsgemeinschaften gibt und man daran sieht, wie wenig wir uns für unsere Schule engagieren.« Herr Freege nickt, sieht dabei aber aus, als würde er nichts Gutes erwarten. »Das«, Georgina macht eine kleine feierliche Pause, »wird sich jetzt ändern. Wir gründen eine KOCH-AG!« Sie sieht Herrn Freege erwartungsvoll an. »Koch-AG«, wiederholt Herr Freege. »Koch-AG!«, sagt Georgina noch mal, und weil Herr Freege jetzt unmöglich auch noch mal »Koch-AG« sagen kann, sagt er »Aha«. »Sie haben mich doch in Erdkunde nach der Karte geschickt.« Georgina sieht Herrn Freege an. Der nickt. »Und dabei«, Georgina macht wieder eine Pause, »habe ich etwas entdeckt. Wir haben eine Schulküche!« Herr Freege macht wieder so was wie »Aha« oder »Haha«, das ist nicht genau zu verstehen, weil er sich mit der Hand vor dem Mund herumfährt, was er immer tut, wenn es irgendwie schwierig wird. »In dieser Küche wird unsere Koch-AG stattfinden!« Georgina sieht sich zu uns um. Uns bleibt nichts anderes übrig, als zu nicken. Herr Freege nickt auch. »Ich werde das mit Herrn Stahlrich besprechen. Ich gebe euch Bescheid.« Er haut uns die Tür vor der Nase zu. Für einen Moment stehen wir vor der geschlossenen Tür und schauen blöd. Dann dreht Georgina sich um. »Das wäre geschafft«, sagt sie, »dann besprechen wir in der nächsten Pause am besten die Details.«

»Na ja, geschafft?« Anke geht auf dem Weg zum Biologieraum neben mir und schaut skeptisch. »Der Stahlrich erlaubt doch nie irgendwas.« »So ist es«, ruft Jule fröhlich von hinten. Georgina läuft vor uns her und scheint nichts zu hören. Ich sehe ihrem federnden Schritt an, wie siegessicher und euphorisch sie ist. Hoffentlich wird sie nicht enttäuscht. Unser Direktor hat den Ruf, alles zu verbieten, was ansatzweise Spaß machen könnte: Basketballspielen auf dem Hof, Getränkepäckchenkicken in der Halle, drinnen sein bei gutem Wetter, draußen sein bei schlechtem Wetter. Und so weiter.

Aber Georgina ist nicht zu bremsen. »Folgende Hausaufgabe bis morgen«, teilt sie uns in der nächsten Pause mit, »jede notiert ihr Lieblingsrezept!« »HAUSAUFGABE?« Jule spricht das Wort aus, als würde sie »Nacktschnecke« oder »Schleimbeutel« sagen. Georgina nickt. »Verstehe ich das richtig: Du«, Jule zeigt auf Georgina, »gibst uns«, sie zieht mit dem Zeigefinger um uns andere einen Kreis, »Hausaufgaben?« »Dann nenn ich es halt anders. BRIE-FING oder so, fühlst du dich dann besser?« Jule schaut Georgina sauer an, und ich sehe Anke innerlich in den Versöhnungsmodus umschalten. Aber bevor sie sagen kann, dass wir zuerst mal die Begriffe **Hausaufgaben** und **Briefing** definieren müssen, um darüber streiten zu können, geht Valeska an uns vorbei, winkt herüber und ruft: »Hallo, Pia, wie geht's? Lange nicht gesehen!« Mir fällt nicht mehr ein, als sie anzustarren. »Na dann bis gleich!«, schreit Valeska und geht weiter.

Jule erholt sich als Erste. »Ganz klar: Sie will dich auf die freundliche Tour fertigmachen.« Sie sieht mich ernst an. Anke nickt. Es klingelt zur nächsten Stunde. »Wie auch immer«, Georgina steht auf, »Briefing für morgen: Lieblingsrezept aufschreiben!«

AUF DEM NACHHAUSEWEG höre ich mir Ankes Ausführungen an, ohne wirklich was mitzubekommen. Ich glaube, sie erörtert gerade noch mal die Moralfrage, aber weil es reicht, wenn ich ab und zu nicke, kann ich nebenbei über die Rezeptfrage nachdenken. Das Problem ist: Ich habe nicht nur kein Lieblingsrezept, sondern überhaupt kein Rezept. Bei Mama und mir gibt es nichts zu essen, was nicht vorher tiefgefroren oder eingedost war. Mamas Geheimrezepte bestehen darin, zwei verschiedene Fertigmischungen zusammenzukippen und dabei etwas Neues zu erzeugen, das manchmal sogar schmeckt. Aber wenn ich Georgina ein Rezept mitbringe, das lautet: »Eine Tüte *Knorr Fix* mit einer Tüte *Maggi Fix* vermengen«, killt sie mich. Früher hat Papa immer für uns gekocht. Er ist ein genauso großer Koch-Fan wie Georgina und hat sich sogar so einen Schnurrbart wachsen lassen wie dieser eine Fernsehkoch. Manchmal habe ich Papa früher beim Kochen geholfen, aber da ist mir natürlich nicht eingefallen, mal eben alles mitzuschreiben. Um an Papas Rezepte ranzukommen, müsste ich Papa fragen.

Und das geht nicht.

Ich habe Papa seit ziemlich genau einem Jahr nicht gesehen. Da war Mamas und Papas Scheidung, und Papa ist mit einem dunklen Anzug und einer rosa Krawatte und der dicken Schlampe im Gericht aufgetaucht. Zum Glück war alles ziemlich schnell vorbei, weil Mama und Papa sich einvernehmlich geeinigt haben, wie der Richter das ausgedrückt hat. Mama und ich haben nach der Verhandlung einvernehmlich an unserem Küchentisch geheult. Und ich habe mir geschworen, Papa **nie, nie, nie** wieder zu besuchen. Papa ruft einmal die Woche an und fragt Mama, ob ich diese Woche was mit ihm unternehmen will. Mama hält jedes Mal die Sprechmuschel zu und ruft: »Pia willst du …«, und ich schreie »Nein«, bevor sie den Satz zu Ende hat. Und hoffe, dass Papa das trotz der zugehaltenen Muschel gut hören kann. Mama sagt mir immer wieder, dass ich mich doch mit Papa treffen soll und dass ich nicht den Kontakt zu ihm abbrechen muss, nur weil er sie nicht mehr liebt. Dabei kommen ihr immer die Tränen, und sie muss sich ins Wohnzimmer setzen und eins ihrer Singlebücher lesen, um sich wieder zu beruhigen. Wenn ich Mama so sehe, mit diesen Büchern, die eigentlich viel zu blöd sind für sie, kommt eine derartige Wut auf Papa in mir hoch, dass ich gar nicht weiß, wohin damit.

»Und dann stürze ich mich aus dem Fenster.« Ich nicke. Anke lacht. Ich sehe sie an. »Erwischt.« Ups, ich kapiere jetzt erst, was Anke gerade gesagt hat. »Tut mir leid.« Anke schüttelt den Kopf. »Ist nicht schlimm. Bis morgen!« Ich nicke. »Bis morgen!« Als Anke und ich schon in verschiedene Richtungen losgehen wollen, ruft plötzlich jemand »JU-CHUUU, PIA-SCHATZ!«.

Anke und ich drehen uns um. Auf der anderen Straßenseite stehen Moritz und Lukas und winken mit beiden Armen. »Wie schön, dich zu sehn! Liebe Grüße von Valeska!« Sie werfen mir Kusshände zu und winken noch wilder. Anke sieht mich an. »Scheiße«, sagt sie leise. Ich hasse es, wenn Anke mit dieser besorgten Stimme spricht. »Ach was, keine Sorge!«, sage ich. »Bis morgen!«

Obwohl ich es schaffe, mich nicht umzudrehen, weiß ich es genau: Moritz und Lukas laufen mir hinterher. Ich spüre sie in meinem Rücken. Und dann kann ich sie auch hören: »Pia, Liebste, lauf doch nicht vor uns weg! Lass uns doch noch etwas plaudern!« Irgendwann kann ich mich nicht mehr beherrschen und werde schneller. Ich höre, wie die beiden ihre Schritte beschleunigen. »Pia, was ist denn? Willst du uns beleidigen?« An der Ecke zu unserer Straße renne ich los. »Renn doch nicht weg, Pia-Häschen!« Sie kommen näher. »Piiiiiiiia!« Ich renne das letzte Stück, so schnell ich kann, und komme endlich, endlich an unserer Haustür an. Vor der Haustür steht der Briefträger. Moritz und Lukas werden langsamer. Sie werfen mir noch ein paar Kusshände zu, rufen »Bis morgen, liebe Pia!« und ziehen ab. »Du bist ja ganz schön beliebt, was?«, sagt der Briefträger zu mir, als ich an ihm vorbeigehe. Ich nicke nur.

In der Wohnung werfe ich meine Tasche auf den Boden und gehe ins Wohnzimmer. Im Winter drehe ich immer als Erstes den Thermostat hoch, wenn ich nach Hause komme. Ich schiebe das Rad auf fünfundzwanzig Grad. Schon von dem Geräusch der anlaufenden Heizung wird mir wärmer. Aber neben dem Heizungsrauschen höre ich noch etwas anderes. Gesang? Ich halte ganz still und lausche. Da singen tatsächlich irgendwelche Leute auf der Straße eins von diesen Fußballstadion-Gröl-Stücken. Und zwischendurch klingt es immer wieder wie *Pia*. Obwohl das ja eigentlich nicht sein kann. Aber da höre ich es schon wieder: *Pia*, ganz eindeutig *Pia*. Ich schleiche zum Fenster und öffne es im Schutz der Gardine einen Spalt. SO SIEHT PIA AUS, SCHALALALALA, SO SIEHT PIA AUS, SCHALALALALALA, schallt es zu mir rauf. Ich mache schnell einen Schritt zur Seite und drücke mich ganz flach an die Wand. SO SIEHT PIA AUS, SCHALALALALA, SO SIEHT PIA AUS, SCHALALALALALA, geht es weiter. Ich linse von der Seite aus dem Fenster, so gut es geht. Da stehen Moritz und Lukas. SO SIEHT PIA AUS, SCHALALALALA, SO SIEHT PIA AUS, SCHALALA-LALALA. Ich lasse mich mit dem Rücken langsam an der Wand heruntergleiten und setze mich auf den Boden. SO SIEHT PIA AUS, SCHALALALALA, SO SIEHT PIA AUS, SCHALALALALALA. Sie grölen immer lauter. Ich halte mir die Ohren zu. Es hilft nichts. SO SIEHT PIA AUS, SCHALALALALA, SO SIEHT PIA AUS, SCHA-LALALALALA. Ich will gar nicht wissen, was das heißen soll: So sieht Pia aus. Meine Nase brennt mir im Gesicht. SO SIEHT PIA AUS, SCHALALALALA, SO SIEHT PIA AUS, SCHALALALALALA. Hoffentlich, hoffentlich, hoffentlich hauen die bald ab. Irgendwann MUSS es denen doch reichen. SO SIEHT PIA AUS, SCHALALALALA, SO SIEHT PIA AUS, SCHALALALALALA. Oder auch nicht. Ich riskiere noch mal einen Blick aus dem Fenster. SO SIEHT PIA AUS, SCHALALALALA, SO SIEHT PIA AUS, SCHALALALALALA. Moritz hält ein Handy in der Hand und schwenkt es in der Luft hin und her. Ich kann direkt vor mir sehen, was auf dem Display ist: Pia, mit einem gelben Rüschenkleid über dem Kopf. Und sonst nichts an. Ich schließe die Augen. Das Foto verschwindet trotzdem nicht. Und dann fällt mir plötzlich etwas auf, das mich aus meiner Starre befreit: Weil ich das Kleid über dem Kopf habe, bin auf dem Foto wahrscheinlich überhaupt nicht zu erkennen. Ich reiße die Gardine zur Seite, mache das Fenster weit auf und brülle SO SIEHT PIA AUS, IHR FEIGEN ARSCHLÖCHER! Moritz und Lukas schauen überrascht zu mir hoch. Dann singen sie weiter. Sehr viel leiser als vorher. Ich werfe das Fenster zu und gehe aus dem Zimmer. Sollen die doch grölen, bis sie auf der Straße festfrieren.

Am Nachmittag erwische ich mich immer wieder dabei, wie ich mein Handy in die Hand nehme und in den Kontakten auf *Papa* klicke. Aber ich schaffe es nicht, auch wirklich auf *Wählen* zu drücken. Zwischen Mamas gesammelter Selbsthilfeliteratur suche ich nach Kochbüchern. Nichts. Zwei Diätbücher kommen dem, was ich suche, am nächsten, aber die Rezepte darin klingen so furchtbar, dass ich mich morgen nicht damit blicken lassen will. Ich lege mich aufs Sofa und träume von Papas Risotto. Das ist das beste Risotto aller Zeiten, besser als in jedem italienischen Restaurant. Nicht zu trocken und nicht zu flüssig, mit Reis, der genau richtig weich und genau richtig körnig ist. Ich weiß gar nicht, welches von Papas Risottos ich am liebsten mag: das Spargel-, das Möhren-, das Kürbis- oder das Kastanienrisotto? Als ich merke, wie mir das Wasser im Mund zusammenläuft, stehe ich auf, ziehe meinen Mantel an und hole meine Tasche aus meinem Zimmer. Im Regal liegt der Camcorder, den Papa mir letztes Jahr zum Geburtstag geschenkt hat, mit einer Karte, auf der stand: **Film für mich, was dir passiert – damit ich dabei sein kann!** Ich habe die Kamera damals ausgepackt, aufgeladen, ins Regal gestellt und nicht wieder angefasst. Wenn Papa so gerne mitkriegen möchte, was ich erlebe, hätte er ja einfach bei uns bleiben können. Ich drehe ihm doch keine Pia-Nachrichten, damit er sich mit der dicken Schlampe vergnügen und dabei noch das Gefühl haben kann, im Leben seiner Tochter immer auf dem neuesten Stand zu sein. Aber jetzt, denke ich, ist genau der richtige Moment, um den Camcorder einzuweihen. Ich packe ihn in meine Tasche und gehe los.

Im Bus lese ich mir die Camcorder-Gebrauchsanweisung durch, um nicht darüber nachdenken zu müssen, wie es gleich sein wird, Papa wiederzusehen. Es gibt einen *Quick Guide* für Leute, die keine Lust haben, gleich das ganze dicke Camcorder-Handbuch durchzuackern. So was müsste es mal für Mathe oder Chemie geben, eine Kurzanleitung für die Nichtgenies. Tatsächlich schaffe ich es rauszufinden, wie man die Kamera einschaltet und auf welche Taste man drücken muss, um zu filmen. Sogar zoomen kann ich. Das reicht erst mal.

Ich schalte die Kamera ein, als ich an Papas Bürotür klopfe. »Herein«, kommt es heraus, und ich will gleich wieder gehen. Ich drehe auf dem Absatz um und laufe voll in jemanden rein. »Huch, was? Pia!« Papa geht einen Schritt zurück, sieht mich kurz an und macht dann eine Bewegung, als wollte er mich umarmen. Ich hebe schnell die Kamera. »Hallo, Papa.« Ich schaue auf das Display, auf dem Papa zu sehen ist, wie er seine Umarm-Bewegung in eine Wink-Bewegung umleitet. »Schön, dass du die Kamera benutzt! Und schön, dass du mich besuchst!« Bevor ich etwas sagen kann, geht hinter mir die Tür auf. »Herr Pfizer, was gibt es?« Ich drehe mich um. Da steht Herr Kampert, den Papa immer Herrn Krampfert nennt. »Nichts«, sagt Papa, »meine Tochter hat sich nur in der Tür geirrt.« Herr Krampfert lacht. »Sie ist wohl nicht ganz auf dem neuesten Stand, was? Na, macht nichts!« Er geht zurück in sein Büro und macht die Tür hinter sich zu. »Komm«, sagt Papa und geht vor mir den Gang entlang.

Er führt mich in ein Büro ganz am Ende des Flurs. Drinnen weiß ich gar nicht, wo ich mich hinsetzen soll, so klein und vollgestopft ist der Raum. Papa räumt einen Stapel Papiere weg und zeigt auf den Stuhl, der darunter zum Vorschein kommt. »Was macht Herr Krampfert in deinem Büro?«, frage ich, als ich Papa gegenübersitze. Papa fährt sich mit der Hand durchs Gesicht. »Das ist 'ne längere Geschichte. Es ist nicht so gut gelaufen letztes Jahr. Schwer zu erklären.« Ich nicke, als würde ich das verstehen. »Und, wie geht es in der Schule?«, sagt Papa plötzlich mit einer ganz anderen Stimme. »Geht dich nichts an«, würde ich gerne sagen, aber Papa sieht so traurig aus, dass ich nur »Geht so« murmele. »Auch in

Mathe?« Ich nicke. Dann sagen wir beide nichts. Oh Mann, Small Talk war noch nie meine Stärke. Ich wünschte, ich hätte nicht den Camcorder-*Quick Guide* gelesen, sondern ein großes dickes Gesprächsthemen-für-das-Wiedersehen-mit-abgehauenen-Vätern-Handbuch. Warum bin ich bloß hergekommen?, frage ich mich innerlich, rein rhetorisch eigentlich, aber dann wird mir klar, dass die Antwort auf diese Frage ein perfekt unverfängliches Gesprächsthema ist. »Papa«, sage ich, »ich brauche dein Risotto-Rezept! Wir gründen einen Dinner Club, Georgina, die anderen und ich.« »Dinner Club?« Papa schaut mich an, als wäre das die beste Nachricht seit Wochen. »Das ist ja toll! Phantastisch!« Und dann erzähle ich ihm von der Schulküche im Keller und wie Georgina uns alle überzeugt hat, und von ihren Rezept-Hausaufgaben, die jetzt Briefing heißen, und als ich bei der elenden Valeska-Story angekommen bin, sagt Papa: »Ich kann dir das Rezept nicht einfach so geben. Ich schreibe doch nie was auf beim Kochen.« Ich sehe mich schon mit Mamas *Knorr-Fix*-plus-*Maggi-Fix*-Rezept bei Georgina auf-tauchen, da hängt er noch dran: »Wir müssen es zusammen kochen. Am besten gehen wir gleich einkaufen und dann nach Hause. Moment, ich frage Herrn Kampert mal, ob ich heute früher gehen kann.« Bevor ich dazu noch was sagen kann, ist Papa schon aus dem Zimmer raus und einen Mo-ment später wieder da. »Der ist selbst schon weg, also los!«

»Papa«, sage ich, als ich neben ihm im Auto sitze, »seit wann musst du denn Herrn Krampfert fragen, ob du frü-her gehen kannst? Ich denke, Herr Krampfert muss dich so was fragen, oder nicht?« Papa schweigt und schaut betont aufmerksam auf den Verkehr. Erst als wir auf dem Parkplatz vom italienischen Supermarkt stehen, sagt Papa: »Mir ist da was schiefgegangen, was die Firma viel Geld gekostet hätte. Herr Kampert hat es gerade noch rechtzeitig gemerkt. Okay?« Das ist Papas Mehr-sage-ich-dazu-nicht-Okay, von Mama auch öfters als Halt-die-Fresse-Okay bezeichnet, und darauf gibt es nur eine mögliche Antwort. »Okay.«

Ich liebe diesen italienischen Supermarkt: Es ist ein Großmarkt, bei dem die ganzen italienischen Restaurants einkaufen. Hin kommt man über eine Rampe, und dann geht man durch einen vergilbten Plastikvorhang. Dahinter ist ein riesiger Raum, in dem Regale voller Pasta, Gewürze, Gemüse und Gläser mit Antipasti stehen. Und jede Menge Wein. Papa wird auf der anderen Seite des Vorhangs sofort ein völlig anderer Mensch. Er ist ganz aufgeregt und schaut sich um wie ein kleiner Junge im Spielzeugladen. Nachdem der Besitzer ihn mit Handschlag begrüßt hat, stürzt Papa sich auf das nächstbeste Regal. Ich schalte den Camcorder ein und gehe hinterher. Papa nimmt ein blaues Päckchen aus dem Regal und riecht daran. Dabei hat er einen Gesichtsausdruck, der ungeheuer professionell aussieht. Zum Glück habe ich das auf der Kamera, dann kann ich bis morgen noch mal ein bisschen üben, so zu schauen. Das wird Georgina schwer beeindrucken. Papa rast schon weiter und kommt am Reisregal zum Stehen. »Also.« Er zeigt auf ein Regalbrett. »Hier steht der *Vialone*. Das ist ein Mittelkornreis und eigentlich das einzig Wahre für Risotto. Was man so im deutschen Supermarkt als Risotto-Reis bekommt, ist meistens *Arborio*, das geht natürlich auch. Im Notfall kann man sogar Milchreis nehmen, aber wirklich nur im Notfall, weil Milchreis ein Rundkornreis ist und im Kern nicht bissfest genug.« Er nimmt eine Packung in die Hand. »Hm, sieht aus, als wäre das alles *Vialone Nano*, dabei wollte ich eigentlich *Vialone Gigante*. Aber den kriegt man auch in Italien kaum noch.« Papa seufzt. Das scheint ein großes Problem zu sein. Papa seufzt noch mal, tut dann die Reispackung in den Einkaufskorb und geht weiter. Ich laufe mit der Kamera hinterher. Papa dreht sich leicht zu mir um. »Worauf hast du denn Lust? Kastanie oder Kürbis? Oder vielleicht mal – wow!« Und weg ist er. Ein Regal später hole ich ihn wieder ein. Er steht vor einer Kiste mit Kürbissen. »Schau dir die an! Damit ist es entschieden, oder?« Ich nicke. »Wenn wir ganz viel Glück haben, können wir daraus ein *Risotto alla zucca in piena fioritura* machen.« Papa geht zu dem Besitzer des Supermarkts und spricht auf Italienisch mit ihm. Der Mann verschwindet in einem Hinterzimmer. Als er wieder herauskommt, gibt er Papa irgendwelche kleinen Päckchen. »Er hat mir seine letzten vier überlassen«, sagt Papa und drückt mir eins in die Hand. Ich sehe es an. In der Plastikfolie sind bunte getrocknete Blüten. »Das sind Rosenblüten, Kornblumenblüten und Sonnenblumenblüten.« Papa spricht geradezu mit Andacht. »Die werden unser Risotto zu etwas ganz Besonderem machen.«

Auf dem Weg zu Papas neuer Wohnung wird mir plötzlich ganz komisch. Irgendwie habe ich bis jetzt den Gedanken verdrängt, dass Papa wirklich woanders wohnt, wo er jeden Abend hingeht und jeden Morgen aufwacht. Natürlich wusste ich, dass Papa sich nicht einfach nach dem Gerichtstermin in Luft aufgelöst hat, aber dass er ganz normal weiterlebt, das habe ich mir nicht klargemacht. Als er mir damals seine neue Adresse gegeben hat, habe ich nicht nachgesehen, in welchem Stadtteil das eigentlich ist. Jetzt fahren wir Richtung Osten, bis Papa am Planetarium rechts einbiegt. Aha. »Ein Parkplatz, Wahnsinn, du bringst mir Glück!«, ruft Papa und parkt vor einem weißen Altbau ein. »So, aufi geht's!« An Papas alberner Sprache merke ich, dass er es auch ziemlich komisch findet, mir seine Wohnung zu zeigen. Sein Zuhause ohne uns. »Ich freu mich, Pia, ich freu mich!«, sagt er im Treppenhaus so oft zu mir, dass ich mich schon frage, ob er sich wirklich freut. Aber bevor ich mir darüber weiter Gedanken machen kann, stellt Papa die Tüten vor einer Tür ab, kramt in seiner Hosentasche, holt den Schlüssel heraus, schließt auf und ruft mit einer seltsam hohen Stimme: »Hallo, Wiebke, wir sind da-ha!«

Die dicke Schlampe ist zu Hause.

Das hätte Papa mir sagen müssen, das ist unfair, ich wäre nie mitgekommen, wenn ich das gewusst – »Hallo?« Die dicke Schlampe taucht in der Tür auf. »Hallo?«, sage ich in dem gleichen blöden, fragenden Tonfall wie sie. Papa nimmt sie in den Arm und gibt ihr einen Kuss. Ich schaue weg. »Das ist Pia? Pia, das ist Wiebke?« Früher hat Papa sich immer darüber aufgeregt, wenn ich alles wie eine Frage ausgesprochen habe. Jetzt redet er plötzlich selber so. »Sehr angenehm?«, sage ich zu der dicken Schlampe und strecke ihr den kleinen Finger meiner linken Hand entgegen. Mit der anderen Hand halte ich mit dem Camcorder voll drauf. Die dicke Schlampe schüttelt tatsächlich meinen kleinen Finger. »Filmst du?« Ich zoome auf ihr pausbäckiges Gesicht. »Papa sagt, ich soll mein Leben filmen, damit er was davon mitbekommt, obwohl er uns verlassen hat, um mit Ihnen zusammenzuleben, Frau –« »Pia!«, sagt Papa. »Frau Pia? Seltsamer Name. Aber okay.« Im Display sehe ich, wie die dicke Schlampe rot im Gesicht wird. Sehr gut. Papa räuspert sich, nimmt die Tüten und schiebt mich und Frau Pia in die Wohnung. »Ich schlage vor«, sagt er dazu, »wir gehen erst mal hinein.«

Papa und Frau Pia haben eine riesige Wohnküche, so wie Papa sie sich immer gewünscht hat. Über der Eckbank hängen Fotos – von Papa und Frau Pia am Strand und in den Bergen, und auch eins von mir. Natürlich ist Mama nicht mit drauf. »Pia und ich wollen kochen, Kürbisrisotto?« Papa redet weiter in seinem Frage-Tonfall. Langsam verstehe ich, warum ihn das immer so genervt hat. Er stellt die Plastiktüten auf den Boden. Frau Pia lächelt. »Kann ich euch helfen?« Papa und ich antworten gleichzeitig »Na klar« und »Nein«. Papa schaut verzweifelt zwischen ihr und mir hin und her. »Wir rufen dich zum Essen, Liebling«, sagt er dann. Frau Pia nickt und lächelt nicht mehr. »Das liegt Ihnen sicher auch am besten«, rufe ich ihr hinterher, als sie aus der Küche geht. Papa schaut mich traurig an. »'tschuldigung.« Papa seufzt.

Ich stelle die Kamera auf einen Serviettenspender auf dem Küchentisch, damit ich alles draufkriege, was Papa macht. Außerdem nehme ich mir Stift und Papier zum Mitschreiben. Papa denkt gleich, er wäre im Fernsehen, und schwadroniert genauso daher wie Lafer oder Lichter oder wie die alle heißen. Es ist ganz gut, dass ich alles filme, weil ich von Papas Kocherei rein gar nichts mitbekomme. Ich schaue mich um und kann einfach nicht fassen, dass Papa in dieser Küche ganz normal kocht und sitzt und isst, so wie er früher in unserer Küche gekocht und gesessen und gegessen hat. Ab und zu werfe ich einen Blick auf das Display der Kamera, und wenn ich Papa da herumfuhrwerken und reden sehe, kommt er mir komplett fremd vor. Vielleicht habe ich mich doch nicht im Büro geirrt, bin mit Herrn Krampfert nach Hause gefahren, und mein Papa steht bei uns in der Küche und kocht, wenn ich nachher nach Hause komme. »Hey, schreibst du mit?« Jemand stößt mich an. Und als ich aufschaue und den Jemand direkt vor mir und nicht auf dem Display der Kamera sehe, muss ich zugeben, dass es definitiv und ganz sicher Papa ist. »Du schreibst ja gar nicht mit!« Papa hält vorwurfsvoll das leere Blatt hoch, das gerade noch vor mir lag. Ich nehme es ihm aus der Hand. »Ich schau mir nachher den Film an und schreibe mit, dann kann ich mich jetzt besser aufs Zuschauen konzentrieren.« »Ah, ich verstehe!« Papa trocknet sich die Hände an einem karierten Handtuch ab, das mir ziemlich bekannt vorkommt. »Hast du unsere Küchenhandtücher mitgehen lassen?« Papa friert in der Bewegung ein. »Mitgehen lassen? Pia, das sind Handtücher, die ich gekauft und bezahlt habe, okay?« Ich schweige. Papa auch. Dann klingelt freundlicherweise mein Handy. Auf dem Display steht *Mama*. Ich gehe raus auf den Flur, dann drücke ich auf *Anruf annehmen*. Sofort kommt mir Mamas aufgeregte Stimme aus dem Telefon entgegen. »Pia, wo bist du denn?« »Hallo, Mama«, sage ich, um Zeit zu gewinnen, »hallo, hallo!« Während meiner tausend *Hallos* überlege ich fieberhaft, was ich Mama sagen soll, wo ich bin. »Hallo.« Ich kann direkt hören, wie fragend Mama jetzt gerade schaut. »Wo bist du denn, Pia?« »Bei – Georgina.« »Ach so, okay.« Das kommt so schnell, dass ich gar nicht fassen kann, wie gut meine Lüge funktioniert. Ich schaue auf die Uhr. »Es wird ein bisschen später. Georginas Vater bringt mich dann nach Hause.« »Okay!«, sagt Mama.

Das Essen mit Papa und Frau Pia ist erträglicher, als ich es mir vorgestellt habe. Frau Pia lässt Papa und mich komplett in Ruhe und macht nur ab und zu *hmmm* und *mhmhm*, womit sie den Geschmack des Risottos ziemlich gut beschreibt: Es schmeckt einfach unglaublich lecker. So lecker, dass ich in meiner Risotto-Euphorie sogar bereit bin, Frau Pia zum Abschied die Hand zu geben. In einer Welt, in der solches Risotto existiert, kann es einfach keine bösen Worte geben.

Auf der Fahrt nach Hause kuschele ich mich satt in den Beifahrersitz und genieße es einfach, mit Papa zusammen zu sein. Vielleicht ist das alles doch gar nicht so schlimm, mit Papa, Frau Pia, Mama und mir. »Da sind wir.« Papa hält vor unserem Haus. »Danke«, sage ich. Am liebsten würde ich ihn umarmen. »Gern geschehen. Und richte Mama doch bitte viele Grüße von GEORGINAS VATER aus.«

SCHEISSE.

»Mach ich.« Ich steige aus.

»NEIN«, sagt Herr Freege, als Georgina, Jule, Anke und ich am nächsten Tag am Ende der Stunde vor seinem Pult stehen, »die Antwort ist Nein.« »Danke!« Georgina klatscht begeistert in die Hände. Herr Freege schaut irritiert. »Georgina«, flüstert Jule Georgina von hinten ins Ohr, »er hat Nein gesagt.« »Nein?«, wiederholt Georgina laut. »Ja.« Herr Freege nickt. »Also nein. Direktor Stahlrich sagt Nein. Die alte Schulküche ist nicht unfallsicher. Und eine andere Küche haben wir nicht. Also gibt es keine Koch-AG. Macht doch was anderes! Wie wäre es mit einer Chemie-AG? Da übernimmt Herr Kröve sicher gerne die Betreuung.« Er nickt uns fröhlich zu. Georgina lacht laut auf. »Vielen Dank für den TOLLEN Vorschlag!«, sagt sie, dreht sich um und geht.

»Eine Chemie-AG!«, ruft Georgina auf dem Weg in die Pausenhalle. »Eine Chemie-AG! Ha! Ist doch fast das Gleiche wie Kochen! Ist doch egal, ob wir Lebensmittel oder Chemikalien zusammenkippen!« »Georgina«, Anke läuft Georgina hinterher, »bitte. Es schauen schon alle nach uns.« Ich finde es auch ziemlich peinlich, wie Georgina sich aufführt. Aber in solchen Momenten ist sie nicht zu

beruhigen, das müsste Anke eigentlich klar sein. »J A,
schaut ruhig!«, schreit Georgina jetzt. »Und wenn euch
das nächste Mal jemand vorwirft, dass ihr euch nicht für
die Schule engagiert, dann sagt nur zwei Worte: Koch-AG!
K O C H - A G !« Georgina schüttelt die Faust. »Die werden
schon sehen!« Langsam bekomme ich Angst, was Georgina als Nächstes tut. Wahrscheinlich veranstaltet sie eine
Koch-AG-Mahnwache vor dem Büro des Direktors oder
kettet sich an den Kellereingang. Anke sieht auch ziemlich besorgt aus. Sie zieht Georgina am Ärmel, die tatsächlich kurz aufhört rumzubrüllen. »Wir machen das einfach
trotzdem.« Georgina sieht Anke an. »Trotzdem?« Anke
nickt. »Beruhig dich erst mal, und setz dich hin.« Das
wirkt. Einen Moment später sitzen wir alle auf dem Boden
in der Pausenhalle, und Georgina ist vollkommen ruhig.
Anke sieht uns stolz an, bis Georgina »Und wie kommen
wir an den Schlüssel? Ach, ich weiß schon wie!« flüstert.
»Schlüssel?« Ankes Gesichtsausdruck wandelt sich in Re-
kordzeit von fragend zu erschrocken. »Du meinst doch
nicht etwa den Kellerschlüssel?« »Doch, klar. Du hast doch
selbst gesagt, wir machen's einfach trotzdem!« Georgina
scheint schon wieder bester Laune zu sein. »Und du hast
vollkommen recht! Scheiß auf die Erlaubnis von Stahlrich!« Sie haut Anke anerkennend auf die Schulter. Jule
schüttelt den Kopf. »Das ist illegal.« »Legal, illegal, scheiß-
egal!« Georgina lacht. »Am besten kochen wir nachts.«
»Nachts muss ich zu Hause sein«, sagt Anke. »Dann eben
abends. Ich besorge den Kellerschlüssel von Valentin, und
wir treffen uns am Samstagabend vor der Schule. Ich hab

schon Handouts vorbereitet, da steht alles drauf, was ihr wissen müsst. Heute ist das Vorbereitungstreffen, um halb fünf im *Casa*! Das wird grandios!« Bei dem Wort ›Valentin‹ fliegen wie auf Kommando meine Schmetterlinge los. Jetzt will Georgina ihm den Kellerschlüssel entlocken. Das heißt, sie muss auf sein Lächeln reagieren, zurücklächeln, Hallo sagen, mit ihm sprechen und dann – ich sehe Georgina und Valentin schon Händchen haltend über den Schulhof schlendern. Das muss verhindert werden. Die Schmetterlinge stupsen mich hektisch in die Magenwände und schreien Tu was! »Ich mach das.« Die Schmetterlinge fliegen Loopings. Die anderen schauen mich an, als wäre ich jetzt vollkommen durchgedreht. »Ich frage Valentin nach dem Schlüssel.« »Ja, mach das!«, sagt Jule. Georgina schüttelt den Kopf. »Aber du hast doch noch nie mit ihm gesprochen.« Hat sie wohl, kreischen die Schmetterlinge. »Hast **du** denn schon mal mit ihm geredet?«, frage ich Georgina. »Das nicht, aber mich …« Ich merke, wie schwer es Georgina fällt, das auszusprechen, was uns allen klar ist. »Ich mach das, es ist meine Idee, da muss ich auch das Unangenehme erledigen«, sagt sie schließlich. Darauf fällt mir nichts mehr ein. Die Schmetterlinge buhen mich aus.

DAS UNANGENEHME hat Georgina schon zwei Stunden später erledigt. Triumphierend hält sie uns den Schlüssel unter die Nase. »Der Ersatzschlüssel. Mit schönen Grüßen von Valentin. Samstagabend geht es los.« Anke wird blass, Jule tritt nervös auf der Stelle. »Also, Anke und ich«, sagt sie, »wir, also wir, wir haben …« »Wir haben beschlossen, nicht mitzumachen!«, sagt Anke und sieht weg. Georgina lässt den Schlüssel sinken. »Wir wollen nicht von der Schule fliegen, das musst du doch verstehen.« Jule tritt noch schneller auf der Stelle, so als würde sie in Gedanken weglaufen. »In Ordnung«, sagt Georgina, »ist natürlich eure Entscheidung.« Sie dreht sich um und geht. Wir stehen noch eine Weile da und sagen nichts. Dann klingelt es zur Stunde. Auf dem Weg zum Klassenraum winkt Valeska mir mit beiden Händen zu. »HALLO, PIA, WIE SCHÖN, DICH HIER ZU TREFFEN! ICH HOFFE, DU HAST DAS BEZAUBERNDE HELLGELBE KLEIDCHEN GE-KAUFT!«

Langsam wird's alt.

Nach der letzten Stunde drückt Georgina mir ein paar bedruckte Seiten in die Hände. »Das Handout für heute. Da steht alles Wichtige drauf! Bis dann!« Auf dem Weg aus dem Klassenzimmer schmeißt Georgina ein paar zerknüllte Blätter in den Mülleimer. Und dreht sich dabei demonstrativ zu Anke und Jule um. Oh Mann. Ich starre auf das Handout, um dieses Trauerspiel nicht mit ansehen zu müssen.

»Die Hohe Schule«, Vorbereitungssitzung: Heute, halb 5, Casa, mitzubringen: Lieblingsrezept. Erstes Kochevent: Samstag 17 Uhr, Treffpunkt am Hintereingang der Schule, mitzubringen: Kochutensilien (falls vorhanden) und Schürze.

KOCHEVENT?!

Nachmittags bin ich mit Paula zum Mathehausaufgabenmachen verabredet. Also, genauer gesagt erklärt Paula mir die Mathehausaufgaben. Noch genauer gesagt: Paula **versucht**, mir die Mathehausaufgaben zu erklären. Ich kapiere nämlich nie irgendwas. Eigentlich gehe ich nur zu Paula, weil Mama das mit Paulas Mutter so ausgemacht hat, die eine Kollegin von Mama ist. Mama kam vor drei Monaten ganz euphorisiert vom Elternabend: »Stell dir vor, wen ich getroffen habe: Karin! Ihre Tochter geht in deine Klasse, sie heißt Paula!« Ich saß todmüde vor dem Fernseher, habe genickt und versucht, einigermaßen interessiert zu schauen. Einen Moment später war ich allerdings hellwach. Da hat Mama mir mitgeteilt, dass Paula mir ab jetzt bei den Mathehausaufgaben hilft. »Das geht nicht«, habe ich Mama gesagt. »Warum?« »Weil Paula –« Ich wusste nicht, wie ich Mama das erklären sollte: Paula war immer eine Außenseiterin, schon seit der fünften Klasse, aber seit Valeska sie zu ihrem persönlichen Hauptopfer auserkoren hat, ist Paula hochansteckend. »Weil ich nicht mit ihr gesehen werden will.« »Wie bitte?« Mama hat den Fernseher ausgemacht und mir eine einstündige Predigt darüber gehalten, dass man sich nicht von der Meinung anderer das Leben diktieren lassen darf, dass man sich für Menschen am Rand der Gesellschaft einsetzen soll und dass ich, ob ich will oder nicht, ab nächste Woche mit Paula Hausaufgaben machen werde. »Damit katapultierst du MICH direkt an den Rand der Gesellschaft«, habe ich geschrien und meine Zimmertür hinter mir zugeschlagen. Es hat nichts geholfen. Am nächsten Tag in der Schule hat Paula mir freudestrahlend mitgeteilt, dass ich am Mittwoch um vier zu ihr kommen darf.

Bevor ich bei Paula klingle, schaue ich mich vorher ganz genau um, ob jemand sieht, dass ich ihr Haus betrete. Zum Glück holpert nur ein Opa im dicken Mantel mit seinem Rollator über die Straße. Sonst ist alles ruhig. Paula lässt sich Zeit. Wahrscheinlich kommt gleich Valeska vorbei und sieht mich hier stehen. Obwohl das eigentlich auch schon egal ist. Wegen Paulas blöden Haaren stecke ich sowieso in der Scheiße. Weil sie zu feige ist, sich selbst zu wehren, habe ich Valeskas Clique am Arsch. Während ich Wink-, Kusshand-, Foto- und Gröl-Aktionen ausgesetzt bin, war Paula seit der Scherenattacke nicht mehr in der Schule. »Du bist ein elendes Opfer, Paula«, sage ich zu der geschlossenen Tür.

Die Tür geht auf. Mich trifft fast der Schlag: Paula hat einen richtigen Kurzhaarschnitt. Und das, wo sie immer so stolz auf ihre langen dunklen Haare war. Ich versuche so zu tun, als würde mir die Veränderung gar nicht auffallen. Und Paula versucht ganz offensichtlich so zu tun, als würde sie nicht merken, dass ich so tue, als würde ich nichts merken. Sie sagt extrafröhlich »Hallo, komm rein!«, aber ich kann ein Zittern in ihrer Stimme hören. Ich laufe Paula hinterher in ihr Zimmer und habe fast das Gefühl, dass sie besonders vorsichtig auftritt. Das kann allerdings auch an dem tiefen, weichen Teppich liegen, der im ganzen Haus verlegt ist. Bei Paula zu Hause ist alles darauf eingestellt, möglichst wenig Geräusche entstehen zu lassen: Der Teppich schluckt die Schritte, Filzaufkleber an den Türen schlucken das

Türenklappen, und dicke Tischdecken auf dem Esstisch schlucken das Geschirrklappern. Bei Paula fange ich immer automatisch an zu flüstern.

»x gleich drei?«, flüstere ich auf Paulas Frage. Paula schüttelt den Kopf. Gemeinerweise sagt Paula mir nie einfach die Lösung, sondern quält mich mit Hinweisen, von denen sie denkt, dass sie mich ganz bestimmt auf die Lösung bringen. »Guck dir noch mal den linken Teil der Gleichung an!« Paula tippt mit dem Bleistift auf mein Heft. »Und?« Ich erkenne immerhin, was der linke Teil der Gleichung ist, und starre eine Weile angestrengt darauf. »Und?« »x gleich sechs?« Paula weiß, dass ich rate, das höre ich an ihrem leisen Schnaufen. Und dann erklärt sie mir die ganze blöde Gleichung wieder von vorne, und ungefähr dreißig Sekunden lang komme ich sogar mit, dann verliere ich den Faden und sinke immer tiefer auf Paulas weichem Sofa ein. »Alles klar?« Paula sieht mich erwartungsvoll an. Ich nicke. »Und was ist also x?« »Zwei?« »Och, Pia!« Ich zucke richtig zusammen, weil Paula in diesem stillen Haus so laut spricht. »So bringt das nichts! Du musst dich konzentrieren!« »Ich konzentriere mich ja!« Ich lege die Stirn in Falten, damit Paula sehen kann, wie konzentriert ich bin.

Als Paula eine Stunde später das Mathebuch zuschlägt, brauche ich mindestens drei Botoxspritzen, um die Furchen auf meiner Stirn wieder wegzubekommen, das kann ich deutlich fühlen. »Trinken wir noch einen Tee zusammen?« Paula läuft in Richtung Küche los, bevor ich überhaupt geantwortet habe. Ich schaue auf die Uhr. Vier. Um halb fünf muss ich im *Casa* sein. Da passt kein Tee mehr dazwischen. »Ich muss«, rufe ich Paula hinterher, »heute leider gleich nach Hause.« Paula dreht sich auf dem Flur um und sieht mich an. »Ach so, na klar«, sagt sie. An der Haustür bleibe ich stehen. »Kommst du morgen wieder in die Schule?« »Weiß nicht.« Wir schweigen. Gerade als ich etwas völlig Beklopptes wie »Die kurzen Haare stehen dir richtig gut« sagen will, umarmt Paula mich plötzlich, sagt »Danke« und knallt mir die Tür vor der Nase zu. Für einen Moment stehe ich wie blöd vor der Tür und weiß gar nicht, was gerade passiert ist. Ich will losgehen, komme aber irgendwie einfach nicht weg. Dann atme ich tief durch und drücke auf den Klingelknopf. Es dauert einen Moment, bis Paula die Tür aufmacht, und das auch nur einen Spalt. »Paula«, sage ich durch den Spalt, »hättest du zufällig Lust auf einen Dinner Club?«

Weil Paula noch unbedingt ihre Oma anrufen und nach einem Rezept fragen muss, um nicht unvorbereitet zum ersten Treffen zu erscheinen, kommen wir zu spät im *Casa* an. Georgina schaut demonstrativ auf die Uhr. »Unpünktlichkeit«, sagt sie, »kann man sich in keiner Küche leisten.« Erst dann fällt ihr auf, dass ich nicht alleine bin. »Die?«, formt sie stumm mit den Lippen. »Spinnst du?« Ich tue so, als würde ich nichts verstehen, und setze mich. Paula steht unentschlossen herum. Ich zeige auf den Stuhl neben mich. Paula zögert kurz, dann setzt sie sich. Georgina runzelt die Stirn, dann zuckt sie mit den Schultern und seufzt. »Also«, sagt sie, »hiermit eröffne ich das erste Treffen des Dinner

Clubs. Anwesend: Georgina, Pia und – Paula. Was habt ihr
für Rezepte mitgebracht?« Ich hole mein Risotto-Rezept aus
der Tasche. Paula schiebt Georgina ein eng beschriebenes
Blatt rüber. Georgina schaut darauf und lacht. »**Kartoffelsuppe**«, liest sie vor. »**Die Kartoffeln schälen. Dazu je-
weils eine Kartoffel in die Hand nehmen, gut fest-
halten, den Sparschäler schräg in einem Winkel von
ca. 45 Grad ansetzen und mit leichtem Druck nach
unten führen.** Das ist ja sehr detailliert.« Paula wird rot.
»Ich hab halt genau gefragt, was meine Oma macht.« Georgina tätschelt Paula die Schulter. »Ist ja gut, ist ja total
gut, wenn man genau weiß, was man machen muss! Besonders als Anfänger.« Paula wird noch röter. Georgina nimmt
mein Blatt in die Hand. »**Risotto alla zucca in piena fioritura!** Wow, ganz schön fortgeschritten!« Sie liest und
macht dabei immer wieder »Aha, hmhm« und »Soso«, und
ich habe immer mehr das Gefühl, bei einer Prüfung zu sein.
»Ein großartiges Rezept!«, sagt sie schließlich. »Das ist doch
nicht von dir, oder?« »Nein, von meinem Vater.« »Dachte
ich mir's doch. Also«, Georgina sieht bedeutungsvoll in die
Runde, »wir beginnen am Samstag mit der Kartoffelsuppe.
Da kann eigentlich nichts schiefgehen. Ich würde sagen, jeder bringt von zu Hause vier Kartoffeln und zwei Zwiebeln
mit. Aber für das Risotto müssen wir einkaufen. Wir brauchen Geld. Und das bringt mich zum nächsten Punkt: die
Finanzierung.« Georgina zeigt auf Paula. »Kann man ihr
trauen?« Paula wird noch röter, falls das überhaupt noch
möglich ist. Georgina schaut mich an. Ich könnte ihr eins
in die Fresse hauen, aber stattdessen nicke ich nur. »Okay.«

Georgina sieht zwar nicht sehr überzeugt aus, redet aber
weiter. »Dazu habe ich mir Folgendes überlegt: Wir eröffnen in der Schulküche ein Guerilla-Restaurant! Was sagt
ihr?« GUERILLA?

Zum Glück ist Jule nicht hier.

»Genial«, sagt Paula. Ich schaue sie überrascht an. Sie
rutscht plötzlich ganz aufgeregt auf ihrem Stuhl hin und
her. »Ich weiß auch schon einen Namen«, redet Georgina
weiter: »*Die Hohe Schule!*«»Total genial!«, ruft Paula. Georgina schaut Paula plötzlich viel freundlicher an. Irgendwas
nervt mich hier gewaltig. »Wenn ihr euch ausreichend zu
eurer Genialität gratuliert habt, könntet ihr mir vielleicht
mal verraten, was ein Guerilla-Restaurant IST!« »Ein
Guerilla-Restaurant«, sagt Paula, »ist, wie der Name schon
andeutet, ein Restaurant im Untergrund.« Georgina nickt.
»Da kochen Leute in ihren Wohnungen für andere Leute,
die dafür bezahlen. Man muss sich per Mail zum Essen
anmelden und bekommt die Adresse erst kurz vor dem
Abend zugeschickt. Natürlich verrät man auch niemandem
seinen Namen. Ist nämlich nicht so ganz legal.« »Genau!«
Paula klingt richtig begeistert. Komisch, ich hätte gedacht,
dass sie schon bei dem Wort **illegal** Reißaus nimmt. Ich
sehe Georgina an. »Und wie sollen da Gäste hinkommen,
wenn unser Restaurant **im Untergrund** ist?« »Die Namen
von den Restaurants stehen im Internet, inklusive Mail-
kontakt.« Georgina tätschelt mir den Arm, was vermutlich
beruhigend wirken soll. »Aber das ist illegal!« Irgendwie
nehme ich automatisch Jules Rolle ein, wenn sie nicht da
ist. »Pia!«, sagen Georgina und Paula gleichzeitig. Das ging

ja schnell. Ich schiebe Georginas Hand von meinem Arm. »Dann wünsch ich euch viel Spaß!«

Erst als ich völlig außer Atem an der Bushaltestelle ankomme, merke ich, wie schnell ich unterwegs war. Dabei ist meine Wut etwas abgekühlt. Trotzdem kann ich unmöglich bei der Sache mitmachen. Mama hat mir tausend Mal erklärt, dass sie mich nie, aber wirklich niemals, bei sich auf der Wache sitzen haben möchte. Weder als Koma-sauf-Opfer noch als Ladendiebin. Hm, von **Guerilla-Restaurant-Betreiberin** hat sie eigentlich nichts gesagt. Überhaupt ist es absolut ungerecht, dass ich meine Jugend nicht richtig genießen darf, nur weil meine Mutter Polizistin ist. Was bildet Mama sich eigentlich ein? Kurz bevor ich mich meiner neuen Wut so richtig hingeben kann, taucht Valeska an der Bushaltestelle auf und winkt mir auf ihre übertriebene Art zu. Neben ihr steht Valentin und – WINKT AUCH! Aber nicht so ein Verarschungs-Winken wie Valeska, nein, er winkt ganz normal und richtig freundlich! Ich winke mit einer ganz steifen Hand zurück, damit man nicht sieht, wie sehr ich zittere. Dann kommt mein Bus.

Den Schmetterlingen erzähle ich auf der Fahrt nach Hause immer wieder, dass Valentins Winken gar nichts zu bedeuten hat. Aber das interessiert sie nicht. Sie summen: Er hat gewunken, gewunken, gewunken, und fliegen wilde Runden. Ich klopfe mir auf den Bauch und flüstere: Leute, er hat einfach nur gewunken, weil Valeska gewunken hat und er nicht weiß, dass sie nur winkt, um mich zu ärgern. Beruhigt euch! Gewunken, gewunken, gewunken, summen die Schmetterlinge und hören nicht zu. Oder macht Valentin bei Valeskas Verarsche mit? Selbst dieser Gedanke lässt meine Schmetterlinge nicht weniger flattern, denn wenn Valentin mich verarscht, heißt das auch, dass er mich wahrnimmt und mit mir kommuniziert! Das Einzige, was mich stört, ist, dass Valentin mit Valeska rumhängt. Hinterher will er noch was von ihr? Oder sie sind sogar schon zusammen? Sah zwar nicht so aus, aber ich habe sie auch nur kurz gesehen. Ich muss das rausfinden, aber Valeska kann ich unmöglich fragen. Und Valentin erst recht nicht.

Zu Hause laufe ich in meinem Zimmer auf und ab. Immer wenn ich an der linken Wand ankomme, bin ich sicher, dass Valeska und Valentin zusammen sind und alles aus ist. An der rechten Wand denke ich, dass Valentin unmöglich auf so eine Ische wie Valeska reinfallen kann. Als ich gerade wieder in der Mitte bin, klingelt mein Handy. Ich schnappe es mir, gehe ran, sage »Hallo« und laufe weiter auf und ab. »Hey, hier ist Georgina, ich wollte noch mal mit dir reden, wegen vorhin und der ganzen Sache.« Ich bleibe stehen. »Du, ich denke schon die ganze Zeit drüber nach und laufe hier wie verrückt auf und ab!« Georgina lacht, und erst als ich das höre, wird mir klar, dass Georgina nicht die Valeska-Valentin-Sache meint. Weil sie von der Valeska-Valentin-Sache gar nichts weiß. »Hast du's dir noch mal überlegt?«, fragt sie. Ich sage nichts. »Ich habe auch schon einen Testesser engagiert«, redet Georgina weiter, »Valentin!« Die

Schmetterlinge drehen durch. »Ich bin dabei!«, schreie ich ins Telefon. »Was?« Ich reiße mich zusammen. »Also«, sage ich ganz ruhig, »nach reiflicher Überlegung bin ich zu dem Entschluss gekommen, dass das Risiko kalkulierbar ist. Ich bin also weiter dabei.« Wow. Den Satz könnte mir Anke vorgesagt haben. Georgina schreit: »Juchu!« Ich muss das Telefon etwas vom Ohr weghalten, um nicht taub zu werden. »Pass auf«, sagt Georgina, als ich das Telefon wieder am Ohr habe, »ich reserviere uns für nächste Woche Freitag Plätze in einem Guerilla-Restaurant, damit wir ein bisschen Marktforschung betreiben können, okay? Ich nehme eins von den günstigeren, da sind wir mit fünfundzwanzig Euro pro Nase dabei.« In meinem Valentin-Rausch erscheint mir das als ein absolutes Schnäppchen. »Ja, perfekt!«

MEINE SCHÖNEN BUNTEN Valentin-Schmetterlinge
werden am nächsten Morgen von hässlichen grauen Mathe-
Motten verdrängt. Die fliegen in dem Moment los, als Herr
Kröve »Kann uns das mal jemand an der Tafel vorrechnen?«
sagt und sich suchend im Raum umschaut. Das Suchen ist
nur Show, das wissen wir alle, denn sein Blick wird mit hun-
dertprozentiger Wahrscheinlichkeit zum Schluss entweder
an mir oder Hannes hängen bleiben. Nimm Hannes, nimm
Hannes, nimm Hannes, bete ich innerlich. »Piiiiaaaa«,
sagt Herr Kröve gedehnt, so als wäre ihm mein Name gerade erst in diesem Moment eingefallen, und wirft mir die
Kreide zu. Ich fange sie auf. In der fünften Klasse hat Herr
Kröve mit seinem Schlüsselbund nach uns geworfen, inso-
fern ist die Kreide eine echte Verbesserung. Die tut nicht
so weh, wenn man sie an den Kopf kriegt. Und hat außerdem einen praktischen Nutzen, weil man damit an die Tafel schreiben kann.

Vorausgesetzt, man weiß, was.

Ich stehe vorne und merke, wie mir die Knie wegsacken.
Hannes lächelt mich mit einer Mischung aus Mitleid und
Erleichterung an. Vielleicht ist es auch Häme. »Na los«,
sagt Herr Kröve, »dann lös doch mal schnell diese kleine

Gleichung für uns auf.« Ich drehe mich um und schaue die Gleichung an. Sie schwimmt in kleinen Kreisen auf der Tafel. Ich tue so, als würde ich anfangen zu schreiben, und spähe unter meinem Arm durch in die Klasse. Paula macht seltsame Mundbewegungen, ich kann ein X ablesen und ein Y, aber dass X und Y in der Gleichung vorkommen, hätte ich mir auch selbst denken können. Herr Kröve dreht sich zu mir zur Tafel um. »Wird das heute noch was?« In diesem Moment hält Valeska ein Blatt hoch, auf dem in riesigen Buchstaben die aufgelöste Gleichung steht. Paula hat den Kopf total verdreht, um lesen zu können, was darauf steht. Für einen Moment starre ich auf das Blatt. Dann drehe ich mich um. Darauf falle ich nicht herein. Herr Kröve seufzt. »Es hat wohl keinen Sinn, Pia. Setz dich. Paula?« Paula steht auf. Im Mittelgang treffen wir uns. »Nicht traurig sein«, flüstert Paula mir zu, »das kriegen wir hin.« »Wie niedlich!«, zischt Mareike von der Seite, Die anderen lachen. Ich spüre, wie ich noch röter werde, als ich sowieso schon bin. Vielleicht hätte ich Paula besser raten sollen, sich die nächsten Jahre zu Hause zu vergraben.

Ein halbe Stunde später sitze ich völlig fertig und erschöpft und mit einer nigelnagelneuen Sechs neben meinem Namen in Herrn Kröves Lehrerkalender auf dem kalten Steinfußboden in der Pausenhalle. »Die Lösung war richtig!« Vor lauter Aufregung haben Anke und Jule vergessen, dass wir zerstritten sind, und setzen sich zu mir unter die Treppe. »Valeska hat dir die **richtige** Lösung vorgesagt!« »Scheiße.« »Aber wer hätte denn auch ahnen können, dass Valeska dir die richtige Antwort sagt!« Jule klopft mir auf die Schulter. »Wer«, sagt Anke, »hätte vor allem ahnen können, dass Valeska die richtige Antwort **weiß**?« »Das«, sagt Jule, »ist das Seltsamste an der Sache.«

Als Georgina kommt, stehen Anke und Jule auf und gehen. Schade, und ich dachte schon, mein Tafel-Martyrium hätte wenigstens **einen** positiven Effekt gehabt. »Hab gerade noch mal mit Valentin gesprochen«, sagt Georgina, als sie auf Ankes Platz sitzt. Das Wort »Valentin« verwandelt die Motten zurück in Schmetterlinge. Ich bin Georgina gleichzeitig dankbar, dass sie diesen wundervollen Namen ausgesprochen hat, und sauer darüber, dass sie überhaupt mit Valentin redet. »Für morgen Abend geht alles klar«, sagt sie jetzt. »Es gibt keine anderen Veranstaltungen oder AGs. Also Samstag um fünf am Kellereingang! Sagst du Paula Bescheid?« Ich nicke.

Vor der Schule steht Mamas Auto, das sehe ich von Weitem. Beim Anblick ihres alten blauen Pandas überkommt mich ein so warmes Gefühl, dass es mir fast peinlich ist. Ich schlendere langsam durch das Tor zur Straße. Bevor ich einsteigen kann, tippt mir jemand auf die Schulter. Ich drehe mich um. Neben mir steht Hannes in seiner schwarzen Lederjacke. »Mach dir nichts draus«, sagt er, »nächstes Mal bin ich wieder dran!« Er hebt die Hände, als wollte er sagen: SO IST HALT DAS LEBEN, und geht los. Ich schaue ihm hinterher. Hannes trägt seine Haare immer in so einer Fünfzigerjahre-Tolle und die Jeans umgeschlagen zu schwarz glänzenden Lederschuhen. Von der anderen

Straßenseite winkt er noch mal. Neben ihm steht Lukas und winkt auch, aber ganz anders als Hannes: mit beiden Händen und wildem Auf-und-Ab-Springen.

»Wer sind denn die?«, fragt Mama, als ich neben ihr im Auto sitze. »Der eine ist neben mir Herrn Kröves Lieblings-Mathe-Loser und der andere ein Arschloch aus Valeskas Clique.« »Arschloch? Aber der hat doch so nett gewunken!« Ich seufze. »Das verstehst du nicht.« An Mamas Mund sehe ich, dass sie jetzt beleidigt ist. Sie schaut auf die Straße. »Aber eins verstehe ich: Wir müssen wegen Mathe was unternehmen. Das nimmt sonst kein gutes Ende.« Ich sehe aus dem Fenster und sage nichts. Auf ein gutes Ende hoffe ich in Mathe schon lange nicht mehr.

Wir fahren zum Supermarkt. Natürlich nicht dem italienischen, sondern so einem riesigen Ding auf der grünen Wiese, wo alles angeblich total billig ist.

Mit Mama einkaufen ist etwas völlig anderes als mit Papa einkaufen. Mama hasst Einkaufen und geht das Ganze deshalb geradezu generalstabsmäßig an. Der Einkaufszettel ist nach der Reihenfolge der Regale im Supermarkt verfasst, sodass wir systematisch die Reihen ablaufen können. Mama riecht nie an irgendwas, sondern vergleicht die Preise an den Regalen mit den Preisen der Konkurrenz-Supermärkte, die sie sich auf ihrem Zettel notiert hat. Wenn auf Mamas Zettel ein günstigerer Preis steht, murmelt Mama »Ach, scheiß drauf, wegen den zehn Cent fahren wir da nicht extra hin« und schmeißt das Zeug so oder so in den Einkaufs-wagen. Ich frage mich, warum sie sich die Konkurrenz-

Preise überhaupt auf den Zettel schreibt. Vielleicht, um sich abzulenken. Vielleicht spürt sie so wie ich, dass unsichtbar immer Papa neben uns im Supermarkt herläuft. Er hält sich nicht an Mamas Einkaufszettel, rast zwischen den Regalen hin und her, schleppt Sachen an, von denen Mama und ich noch nie gehört haben, umarmt Mama und sagt »Das wird euch schmecken!«, wenn Mama den Kopf schüttelt und vorwurfsvoll auf den Einkaufszettel zeigt. Ich beneide die anderen Leute im Supermarkt, die nicht mit einer Leerstelle zusammen einkaufen gehen. Obwohl: Wenn ich mir die Leute anschaue, denke ich, dass fast jeder seine persönliche Leerstelle mit sich herumschleppt.

Georginas und meine Leerstellen fallen besonders deutlich auf, als wir am Samstag um fünf vor fünf mit Paula vor dem Kellereingang der Schule stehen und vor Kälte zittern. »So, dann sind wohl alle da«, sagt Georgina, und ich nicke traurig. Ehrlich, zu dritt ist man doch einfach nur zu dritt. Zu dritt ist man keine Gruppe. Noch nicht mal eine Kleingruppe. Georgina tippt den Code in die Alarmanlage: 1601. Hä? »Warum«, frage ich Georgina, »hat die Schulalarmanlage dein Geburtsdatum als Code?« Georgina zuckt mit den Schultern und lächelt. »Muss Valentin so eingestellt haben.« Die Schmetterlinge knurren wütend. Mich verlässt sofort jegliche Lust zu kochen oder diese blöde Küche überhaupt zu betreten. Auf die Eingabe des Codes reagiert die Alarmanlage mit zwei Piepsern und ist dann ruhig. Georgina zieht einen Schlüssel aus der Tasche und schließt auf. »Herrrrrrrrrrrrrrreinspaziert!« Sie hält die Tür weit auf.

Paula und ich stehen unschlüssig davor. Georgina nimmt die riesige Tasche, die sie dabeihat, und geht rein. Ich schaue Paula an. »Mitgefangen, mitgehangen«, sagt die und geht Georgina hinterher. Bei MITGEHANGEN bekomme ich ein ziemlich unangenehmes Gefühl im Hals, aber ich laufe Paula hinterher und ziehe dann die Tür zu. Als sie mit einem Klicken ins Schloss fällt, komme ich mir tatsächlich ziemlich gefangen vor. Aber jetzt ist eh alles zu spät.

Also laufe ich mit Paula und Georgina durch einen müffelnden, dunklen Gang, bis wir zu einer Tür kommen. Georgina stellt ihre Tasche ab, reißt die Tür auf, schaltet das Licht ein und ruft: »VOILÀ!« Ich gehe an Paula und Georgina vorbei in den Raum. Er hat für einen Keller eine erstaunlich hohe Decke. In der Mitte stehen zwei lange Theken mit Schubladen. Dahinter sehe ich den Tisch, von dem Georgina erzählt hat. An der Wand hängen eine Tafel und ein Kreuz, daneben steht ein Vitrinenschrank. Alles ist mit einer dicken Staubschicht überzogen. »Irgendwie«, sage ich, »klang das alles etwas glamouröser, Georgina.« Georgina scheint das gar nicht zu hören. Sie läuft ganz aufgekratzt durch den Raum. »Hier«, sagt sie und bleibt an einer der Theken stehen, »sind die Kochflächen und hier die Öfen! Ist das nicht grandios?« »Grandios staubig, ja.« Ich wische einen der Stühle ab, die an dem langen Tisch stehen, und setze mich hin. »Die Staubschicht ist bestimmt fünf Zentimeter dick, Georgina!« »Dafür«, Georgina knallt ihre Tasche auf den Tisch, »habe ich das hier mitgebracht.« Es staubt in alle Richtungen. Paula niest. Aus der Tasche holt Georgina Putzlumpen, Schwämme, Staubtücher, Scheuer-

pulver und eine Flasche *Meister Proper*. »Das schaffen wir
locker in zwei Stunden! Um sieben kommt Valentin und
checkt, ob er den Strom für den Herd ankriegt!« »Also kochen wir heute nicht, sondern putzen?« Paula sieht weder
enttäuscht noch begeistert aus. Mir geht es ähnlich. Ich
stehe auf und schnappe mir einen Staublappen. Ich hätte
mir im Krankenhaus nicht nur ein Sport-, sondern auch
ein Putzattest geben lassen sollen. Wenigstens kann beim
Staubwischen der Verband nicht nass werden. Bevor ich
anfange, hole ich meine Kamera aus der Tasche, schalte sie
ein und laufe durch den Raum. »He, was soll das? Spinnst
du?« Georgina kommt angerast und hält die Linse zu.
»Willst du uns verraten, oder was?« Ich schüttle Georginas
Hand ab und halte voll auf sie drauf. »Das ist doch nur für
uns, damit wir nachher sehen können, was wir geschafft
haben!« »Cool, dann haben wir später Archivmaterial!«,
sagt Paula, und obwohl mir vollkommen unklar ist, wofür
wir Archivmaterial brauchen sollen, scheint das Georgina
voll zu überzeugen. »Na gut«, sagt sie, »aber das sieht keiner
außer uns!« Ich mache ein paar Nahaufnahmen von besonders dreckigen Stellen, dann lege ich die Kamera auf ein
Ablagebrett und lasse sie einfach laufen.

Nach einer Stunde sieht die Küche in meinen Augen noch genauso dreckig aus wie vorher. Ich bin vollkommen am Ende.
Wir sollten im Sportunterricht nicht Volleyball spielen, sondern putzen. Das ist tausend Mal anstrengender. Als wir alle
verschwitzt am Tisch sitzen und still vor uns hin starren,
klopft es. Wir zucken synchron zusammen. »Woher kam

das?«, flüstert Paula. Georgina steht leise auf. Es klopft noch mal. »Das kommt vom Fenster! Bleib da bloß weg!«, zischt Paula. Aber es klopft schon wieder, diesmal noch lauter. Georgina läuft geduckt zum Kellerfenster und schaut durch den Schacht nach oben. »Ich kann nichts erkennen!« Für mich braucht Georgina auch nichts zu erkennen. Ich bin mir sicher: Das ist der Wachdienst oder ein Polizist oder der Hausmeister. Wir sind aufgeflogen. Ich sehe uns schon auf dem Revier bei Mama sitzen, sehe Mamas Blick, wie enttäuscht und wütend sie ist, weil ich sie vor ihren Kollegen blamiert habe. Während ich innerlich Erklärungen probe (a. Ich wusste nicht, dass die Schule uns das nicht erlaubt hat, b. Georgina hat mich mit Gewalt in den Keller gezerrt, c. Ich habe das Schulgebäude nicht erkannt und dachte, das wäre der Keller von Georginas Eltern), höre ich Georgina plötzlich jubeln. Ich schaue auf. Georgina und Paula laufen hinaus. Na danke, wollen die mich jetzt alleine in der Scheiße sitzen lassen? Aber bevor ich ihnen hinterherlaufen kann, sind sie schon wieder da. **Mit Jule.** »Mann, ich klopfe seit einer Stunde! Wo wart ihr denn um fünf?« Jule ist ganz rot im Gesicht, wahrscheinlich von der Kälte da draußen und dem ganzen Klopfen. Georgina umarmt sie. »Wir waren etwas früher dran, und wir dachten ja, es kommt keiner mehr! Woher wusstest du überhaupt, wo und wann wir uns treffen?« Jule grinst und holt ein zerknülltes Blatt aus der Hosentasche, das stark nach Georginas Handout aussieht. »Das lag im Papierkorb. Aber ihr hättet mir echt mal aufmachen können, es ist scheißkalt da draußen!« »Wir haben dich nicht gehört«, sagt Georgina, »weil wir so doll geputzt haben.« »Geputzt?« Jule schaut sich um und sieht aus, als würde sie es schon bereuen, hergekommen zu sein. »Scheiß drauf«, sagt sie dann und nimmt sich einen Putzlumpen.

Ab halb sieben fliegen die Schmetterlinge in meinem Bauch Kamikaze, sodass ich mich zu schwach zum Staubwischen fühle. Ich nehme die Kamera und halte auf Paula, die gerade den Vitrinenschrank putzt. »Was hast du gedacht, als du hier reingekommen bist?« Paula schaut auf, sieht die Kamera und lacht. »Oh Gott.« »Nee, nee«, sage ich, »so geht das nicht. Das muss heißen: Als ich hier reingekommen bin –« »Och, Pia.« »Paula, bitte. Für das Archiv.« Paula schaut genervt, was ich als Gesichtsausdruck für diese Situation sehr passend finde. »Als wir hier reingekommen sind, habe ich gedacht: Mein Gott! Das schaffen wir nie!« »Sehr schön!« Begeistert von Paulas Performance, ziehe ich zu Jule weiter, die den Boden schrubbt. »Verpiss dich mit dem Teil.« »Jule, bitte, fürs –« »Nei-hein!« Ich gehe weiter zu Georgina. Die wirft sich in Pose, als sie die Kamera sieht, und legt sofort los: »Hier entsteht unser Guerilla-Restaurant *Die Hohe Schule*, und da drüben servieren wir demnächst gehobene internationale Küche. Für dreißig Euro pro – Valentin!« Georgina rast los Richtung Tür. Dreißig Euro pro Valentin? Zahle ich gerne. Aber Valentin umarmt an der Tür gerade Georgina und sieht so aus, als könnte ich ihn auch für hundert Euro nicht kaufen. Als Georgina Valentin loslässt, winkt er uns anderen zu. »Hallo.« Er sieht nicht so aus, als käme ich ihm bekannt vor. »Okay, dann schaue ich mir das mal an.« Valentin zieht die Jacke aus und kniet sich hinter den Herd. Leider kommt dabei keine ekelhafte Arschritze zum Vorschein, so wie bei seinem Vater immer. Schade, meine Schmetterlinge könnten jedes Kontra-Valentin-Argument gut gebrauchen.

Eine Viertelstunde später werden die Herdplatten tatsächlich heiß, als Georgina an den Knöpfen dreht. »Du bist ein Genie.« Georgina fällt Valentin gleich wieder um den Hals. Valentin wird rot. »Na ja, war ja nicht so schwer. Ich musste nur den Starkstrom freischalten. Die Anschlüsse sind gar nicht so alt, mein Vater meinte auch, 1970 oder so wäre die Küche noch in Betrieb gewesen.« »Du hast deinem Vater davon erzählt?« Georginas Lächeln fällt in sich zusammen. Valentin winkt ab. »Ich hab gesagt, ich hätte die Küche entdeckt und wollte das nur so aus Interesse wissen. Irgendwie musste ich ja an den Schlüssel kommen. Sollte ich sagen, dass hier 'n paar Teenies heimlich kochen wollen, oder was?« »Pfff, Teenies!« Georgina verschränkt die Arme. Die Schmetterlinge in meinem Bauch sind ganz begeistert von dem Streit zwischen Valentin und Georgina. Mehr! Schlagt euch! Redet nie wieder miteinander!, schreien sie. Aber Georgina und Valentin hören nicht auf meine Schmetterlinge. Georgina lässt ihre Arme fallen und sagt »Nein, natürlich nicht«, und Valentin lächelt und sagt »Na, siehste«, und dann lächeln sie so bekloppt, dass ich und meine Schmetterlinge kotzen könnten. Jule räuspert sich. »Kochen wir jetzt?« Georgina kehrt aus dem Valentin-Universum zurück in die Welt der Normalsterblichen. »Heute«, sagt sie, »machen wir nur einen kleinen Test. Legt eure Schürzen an.« Ich wühle in meiner Tasche. Natürlich hatten wir zu Hause keine richtige Schürze, deshalb habe ich einen alten geblümten Kittel von unserer Nachbarin eingepackt. Es ist mir fast zu peinlich, das Teil anzuziehen. Aber als ich Jule sehe, fühle ich mich besser: Sie trägt eine Schürze, auf der ein muskulöser Männerkörper abgebildet ist. Nur Paula hat eine ordentliche, blau-weiß gestreifte Schürze dabei. Valentin lacht. »Ihr seht komplett bescheuert aus!« Meine Schmetterlinge schleudern ihre Kittelschürzen zu Boden und fluchen. »Du ärgerst dich bloß«, sagt Jule, »weil du nicht so 'n geilen Body hast wie ich.« Sie wirft sich in Bodybuilder-Pose. Valentin lacht. Wieso kann Jule einfach so mit ihm reden?, schreien die Schmetterlinge. Sag auch was, schnell! Aber außer Bitte küss mich fällt mir nichts ein. Außerdem redet Georgina schon weiter. »Diese überwältigenden optischen Eindrücke spielen sowieso gleich keine Rolle mehr.« Sie geht zu ihrer Tasche, holt mehrere Schals heraus und reicht jedem von uns einen. »Die bindet ihr euch bitte so um, dass ihr nichts mehr seht. Stellt euch am besten hier vor mich in eine Reihe.« »Wow, geil!«, ruft Valentin, schnappt sich einen Schal und steht schneller, als ich gucken kann, mit verbundenen Augen vor Georgina. Keine Ahnung, was er erwartet. Vielleicht, dass Georgina als Nächstes Handschellen aus ihrer Tasche holt.

Aber das Klappern, das zu hören ist, als wir alle mit verbundenen Augen in einer Reihe stehen, klingt eher, als würde Georgina etwas auf den Herd stellen. »Was ist denn jetzt?« Das war Jule. »Dauert noch einen Moment.« Noch mehr Klappern. Dann blubbert es.

»Mir reicht's gleich.« Noch mal Jule.

»Sei doch nicht so ungeduldig, Georgina hat sicher was ganz Tolles für uns!« Paula.

»Hmmmm.« Valentin.

Ich kann mir denken, was er sich unter **was ganz Tolles** vorstellt.

»So. Pia ist die Erste. Mund auf.« Ich öffne ganz langsam den Mund. Das ist mir überhaupt nicht geheuer. Ich höre Georgina pusten. »Ich halte dir jetzt einen Löffel hin. Bitte einmal probieren.« Ich spüre den Löffel im Mund. Und eine breiige Masse. Eine breiige kartoffelige Masse. Georgina zieht mir den Löffel wieder aus dem Mund. »Was schmeckst du?« »Kartoffelsuppe?« »Genau.« »Und jetzt im Detail: Wie ist die Konsistenz?« »Breiig.« »Zu breiig?« Ich nicke. Definitiv zu breiig. Es klingt, als würde Georgina was aufschreiben. »Und der Geschmack?« »Kartoffelig.« »Ausreichend kartoffelig?« Ich denke kurz nach. »Ja.« Georginas Stift kratzt über das Papier. »Okay. Dann kommt jetzt der nächste Löffel. Mund auf!« Ich kaue. »Konsistenz: stückig; Geschmack: penetrant nach Speck. Reicht das?« Georgina lacht. »Okay. Reicht. Dann ist jetzt Valentin dran.« Ich nehme den Schal ab und schaue zu, wie Georgina Valentin füttert. Er sagt jedes Mal »Hmmmmmm« und hat dabei den dämlichsten Gesichtsausdruck, den ich je gesehen habe. Kartoffelsuppe. Wie romantisch.

Als wir alle durch sind, zeigt Georgina uns vier leere Dosen. Auf allen steht *Kartoffelsuppe.* »Was ihr soeben probiert habt«, sagt Georgina, »waren vier Dosen-Kartoffelsuppen von verschiedenen Marken. Was hat das Experiment gezeigt?« Jule meldet sich und schnippt dabei mit den Fingern. »Dosensuppe schmeckt mal kartoffelig und mal speckig und immer **scheiße.**« Georgina lächelt. »Sehr, sehr, gut!« Jule sieht etwas enttäuscht aus. Georgina lächelt noch mehr. »Ausgezeichnet. Das wollte ich euch heute unbedingt demonstrieren: Suppe aus der Dose kann man komplett vergessen.«

Gut, dass Mama nicht hier ist.

Nachdem wir die Dosensuppenreste zusammen an dem langen Eichentisch gegessen haben, müssen wir auch noch die Töpfe, Teller und Löffel spülen. Georgina trocknet ab und stellt die Töpfe zurück in den Schrank. »Wow, schaut mal hier!« Statt einem Topf hält Georgina plötzlich ein Bündel weißen Stoff in der Hand. »Das sind Schürzen!« Tatsächlich: Da sind jede Menge gerüschte weiße – oder ehemals weiße – Schürzen. Georgina riecht an einer. »Die müssen dringend gewaschen werden. Machst du das, Pia?« Bevor ich Warum ich? denken kann, habe ich schon »Ja« gesagt. An meiner Reaktionsfähigkeit muss ich noch arbeiten.

Zu Hause schmeiße ich die Schürzen erst mal in eine Ecke. Da kümmere ich mich später drum. Ich fahre den Computer hoch und schließe den Camcorder an. Es gelingt mir sogar, die Dateien vom Camcorder auf den Computer rüberzuziehen. Ist auch nicht besonders schwer.

Es ist ziemlich seltsam, alles, was vorhin passiert ist, noch mal aus einer ganz anderen Perspektive zu sehen.

Quasi objektiv. Unglaublich, wie angenervt ich beim Putzen aussehe. Ich wusste gar nicht, dass ich zu so einem Gesichtsausdruck in der Lage bin. Und Paula scharwenzelt wirklich ständig um Georgina rum. Beim Putzen sieht sie immer wieder nach Georgina, als wollte sie keinen neuen Befehl verpassen. Ihre Blicke sind allerdings nichts gegen die von Valentin. Wenn ich jemals eine Illustration für den Ausdruck ›jemanden mit den Augen auffressen‹ gebraucht habe – jetzt hab ich sie auf der Festplatte. Obwohl es mir wehtut, das zu sehen, stelle ich die Sequenz auf *Repeat*. Die Schmetterlinge heulen auf.

Dich wird Valentin niemals so anschauen.

Moment mal. Warum eigentlich nicht?

Ich ziehe die Valentin-Sequenz auf die Timeline und schneide dann die Szenen dazwischen, in denen ich genervt putze. Es sieht tatsächlich so aus, als würde Valentin mich anschmachten und als wäre ich total angenervt davon. Ich schaue mir das Ganze so oft an, dass es mir schon vorkommt, als wäre es wirklich so gewesen. Dann lege ich noch romantische (man könnte auch sagen: schnulzige) Musik über die Szene und bin zufrieden.

Als ich den Film fertig habe, klicke ich auf *Produzieren*. Für welchen Ort?, fragt das Programm. Hä, wie: Für welchen Ort? Zur Auswahl stehen: Telefon, Computer, MP3-Player und YouTube. *YouTube?* Warum eigentlich nicht? Da können mal alle sehen, wie Valentin auf mich steht. Ich klicke auf YouTube.

Und gehe ins Bett.

»JEDE GRUPPE«, sagt Herr Freege am Montag, »bekommt ein Stück Tapete und einen Edding. Listet alle Tsunami-Frühwarnsysteme auf, die im Text vorkommen, und bringt das Ganze in eine sinnvolle Reihenfolge. Okay?« Georgina seufzt. »Gruppenarbeit.« Jule und Anke drehen sich zu uns um. Georgina sieht Anke verständnislos an. »Was willst du?« Anke nimmt sich einen Edding und zieht die Kappe ab. »Hast doch gehört: Gruppenarbeit!« Georgina lächelt böse. »Eben: **Gruppen**arbeit. Da arbeiten alle zusammen, die in einer **Gruppe** sind. Du bist doch sonst so fit mit Definitionen.« Anke sitzt da, mit dem Edding in der einen und der Kappe in der anderen Hand, und bewegt sich nicht. Georgina wirft Anke einen bedeutungsvollen Blick zu und tippt dann Paula an den Rücken. Paula dreht sich um. »Paula!«, sagt Georgina, »hol doch mal **unser** Stück Tapete.« Paula schaut überrascht und steht dann auf. Georgina wendet sich wieder Anke zu. »Tut mir leid, aber Herr Freege hat ja gesagt, vier Leute pro Gruppe. Wir sind leider schon komplett.« Anke wird knallrot, sagt nichts und dreht sich um. »Spinnst du, natürlich ist Anke in unserer Gruppe!« Jule haut auf den Tisch. Anke sagt: »Lass nur, Jule«, ohne sich zu uns umzudrehen. »Siehst du«, Georgina lächelt, »Anke ist das auch lieber so.« Jule spielt mit ihrem Stift, dann steht sie auf. »Ich bin in Ankes Gruppe.«

»Tsunami-Frühwarnsysteme, wie spannend«, murmelt Georgina, als wir zu dritt über unsere Tapete gebückt überlegen, was wir aufschreiben sollen. »In Thailand«, sagt Paula, »hat eine Familie den Tsunami nur überlebt, weil deren Sohn das als Thema in der Schule hatte und deshalb die Anzeichen erkannt hat!« Georgina sieht nicht sehr beeindruckt aus. »Ich find's trotzdem todlangweilig.« »Ja, da hast du natürlich auch wieder recht.« Paula nickt eifrig. Georgina lächelt zufrieden. »Na, wie läuft's?« Wir schrecken auf. Herr Freege beugt sich über unsere Tapete. »Viel steht da ja noch nicht.« Das kann man wohl sagen. Mehr als die Überschrift Tsunami-Frühwarnsysteme haben wir noch nicht zustande gebracht. Herr Freege löst seinen Blick von unserem leeren Plakat und schaut Georgina an. »Und, was macht die Koch-AG?« Georgina sieht erschrocken zu Herrn Freege hoch und sagt nichts. »Habt ihr ein anderes Plätzchen gefunden? Bei jemandem zu Hause vielleicht?« Georgina schüttelt den Kopf. »Nein, wir haben die Idee geknickt.« »Der weiß was!«, flüstert Paula, als Herr Freege außer Hörweite ist. »Quatsch, das war Small Talk, mehr nicht«, sagt Georgina. »Los, jetzt diktiert mir mal die Tsunami-Frühwarnsysteme.«

Bei Herrn Lehnert spielen wir heute zur Abwechslung mal Basketball. An der Mannschaftsaufteilung ändert das nichts. Paula setzt sich wie selbstverständlich auf die Bank, sodass Georgina nichts daran ändern kann, dass Anke sich zu uns auf das Spielfeld stellt. Leider versagen Georgina und Anke beim Basketball immer total. Georgina kann ungefähr drei Mal dribbeln, bevor ihr der Ball wegrutscht, und Anke kommt an keinem Gegenspieler vorbei. Also müssen Jule und ich die Sache in die Hand nehmen: Jule rennt mit dem Ball los, ich laufe parallel an den anderen vorbei mit. Wenn Jule dann von Gegenspielern eingekreist ist, spielt sie den Ball unter deren Beinen durch zu mir rüber.

Theoretisch.

Praktisch laufe ich parallel zu Jule über das Spielfeld, behalte sie immer im Blick, um den Moment nicht zu verpassen, wo sie abspielt, drehe den Kopf, als einer der Jungs vom Spielfeld nebenan »Pia!« ruft, und renne mit voller Geschwindigkeit in irgendwen rein. Ich liege mit brummendem Schädel und blutender Nase auf der Erde. Das Nächste, was ich höre, ist das Geschimpfe von Herrn Lehnert. »Pia und Valeska, es reicht jetzt langsam, ein für alle Mal, ich lasse nicht länger zu, dass ihr eure Differenzen im Schulunterricht austragt! Ich kann euch auch einen Verweis ausstellen, wenn ihr Wert darauf legt!« Ich rappele mich auf. »Was für Differenzen?« Valeska zieht eine blutverschmierte, unschuldig-verständnislose Schnute. »Pia und ich«, sagt sie, robbt zu mir rüber und legt mir den Arm um die Schultern, »haben doch keine Differenzen.« Ihr Arm liegt mir zentnerschwer auf der Schulter. Ich rücke ein Stück von ihr weg. Valeska lächelt Herrn Lehnert an. Jedenfalls vermute ich, dass sie lächelt, man kann das nicht so genau sehen, weil sie sich die Hand vor ihre blutende Nase hält. Herr

Lehnert seufzt. »Wie auch immer. Dann geht ihr beiden jetzt am besten ins Klösterchen.« Herr Lehnert schaut sich um. Sein Blick bleibt an Paula hängen. »Paula, begleitest du die beiden, bitte?« Paula schreckt auf, so als hätte sie die letzte Viertelstunde in einem Dämmerschlaf verbracht. Hat sie vermutlich auch. »Begleitest du die beiden, bitte!« Herr Lehnert schreit Paula geradezu an. Die zuckt noch mal zusammen, steht auf und stellt sich unschlüssig in gebührender Entfernung neben uns. Georgina reicht mir die Hand und zieht mich hoch. Mir wird kurz schwarz vor den Augen, aber dann stehe ich einigermaßen stabil.

Auf dem Weg ins Klösterchen gehen Valeska und ich nebeneinander. Paula folgt uns in sicherem Abstand. Immer wenn ich versuche, etwas zurückzubleiben, um neben Paula laufen zu können, wird Valeska auch langsamer. Die Leute auf der Straße sehen uns ziemlich komisch an. Kein Wunder, wir halten uns jeder ein blutiges Taschentuch vor die Nase. Eine Oma schüttelt den Kopf und murmelt irgendwas, das wie »Immer brutaler« oder so klingt. Ich muss lachen. Und als uns dann ein bulliger Typ in Bomberjacke anerkennend zunickt, fängt auch Valeska an zu lachen. Wir lachen und halten uns die Taschentücher vor die Nasen, bis wir am Klösterchen ankommen. Vor dem Eingang wartet Valeska kurz, dann dreht sie sich plötzlich um und schreit »H U ! «. Ich schaue hinter mich. Da steht Paula, starr vor Schreck. Dann dreht sie sich um und rennt weg. »Die sind wir los.« Valeska schlüpft in die Drehtür. Ich gehe ihr nach. Als ich in der Drehtür bin, habe ich plötzlich das Bedürfnis, einfach im Kreis weiterzulaufen, bis ich vor dem Krankenhaus wieder rauskomme. Aber einen Moment später stehe ich schon neben Valeska in der Empfangshalle.

»Ihr schon wieder?« Die Frau an der Anmeldung sieht uns fassungslos an, als wir unsere Versicherungskarten auf den Tresen legen. »Lasst mich raten: Verdacht auf Gehirnerschütterung?« Valeska und ich nicken. Es ist gut, dass wir uns Taschentücher vor die Nasen halten, denn ich fange schon wieder an zu lachen. Wenn ich die unterdrückten Laute von Valeska richtig interpretiere, geht es ihr genauso.

Natürlich haben wir keine Gehirnerschütterung. Der Arzt macht uns allerdings ziemlich deutlich, dass wir besser eine haben, wenn wir das nächste Mal bei ihm auftauchen. »Für kleinere Kollateralschäden«, sagt er, »bin ich nicht zuständig. Vielleicht besorgt ihr euch einfach einen extra Sanitäter für eure Stutenbissigkeiten.«

»Stutenbissigkeiten?«, schreit Valeska, als wir vor dem Krankenhaus stehen. »Spinnt der? Das ist total diskriminierend! Zu zwei Jungs würde der nie so was sagen!« Sie klingt fast wie Georgina, wenn sie sich aufregt. Nur dass Valeska mit einer ganz tiefen Stimme rumschreit und nicht so kreischt wie Georgina. »Arschloch«, sage ich, und Valeska nickt. Ich schaue auf die Uhr. Kurz vor halb eins. »Mathe fängt in zwei Minuten an.« »Hm.« Valeska sieht auf ihre eigene Uhr, als würde da eine andere Zeit angezeigt. »Das schaffen wir wohl nicht mehr pünktlich.« »Wir haben ja die Bescheinigung.« Ich will in Richtung Schule loslaufen, aber Valeska hält mich fest. »Lass uns Kaffee trinken gehen.« Ich

muss mich beherrschen, unter ihrer Hand nicht zurückzu-
zucken. »Nein, wir müssen in die Schule.« Valeskas Griff
um meine Schulter wird fester. »Bist du so 'ne Streberin wie
Paula, oder was?« Valeska drückt meine Schulter so doll,
dass es wehtut. Dann lässt sie los, legt den Arm um mich
und schiebt mich in Richtung *Casa*.

Es ist ziemlich seltsam, mit Valeska im *Casa* zu sitzen, an
genau dem Tisch, an dem ich so oft mit den anderen über
sie gelästert habe. Als wir vor unseren Latte-Gläsern sitzen, herrscht erst mal eine ziemlich peinliche Stille. Valeska rührt in ihrem Glas und löffelt den Schaum heraus.
Zwischendurch sieht sie mich immer wieder an – lauernd,
würde ich sagen. Komisch: Wer uns hier sitzen sieht, denkt
bestimmt, das sind zwei Freundinnen beim Kaffeetrinken.
Es kommt mir fast absurd vor, dass alles um uns herum so
vollkommen normal ist: das Café, dessen Wände in warmen
Gelbtönen gestrichen sind, die Kellner, die zwischen den
Tischen herumlaufen, die anderen Leute, die zusammen
Kaffee trinken. Sogar die Gläser und die Löffel kommen
mir so unverschämt normal vor, dass ich mich dadurch fast
verarscht fühle. Wie kann hier alles komplett alltäglich wirken, wenn ich gegen meinen Willen mit der Person Kaffee trinken muss, vor der ich am meisten Angst habe? Wie
wär's, wenn ich jetzt den Kellner rufen und Entschuldigung, ich bin nicht freiwillig hier sagen würde? Der
lacht doch nur. Valeska sieht mich schon wieder so an. Ich
habe mich noch nie derartig nach Mathe gesehnt wie jetzt.
Moment mal, Mathe! Ich kann die Erleichterung richtig im

Magen spüren, als mir das perfekte Small-Talk-Thema einfällt. »Danke, dass du mir in der letzten Stunde die Lösung
hingehalten hast«, sage ich zu Valeska. »Leider konnte ich
den Zettel nicht so schnell lesen.« Valeska hört auf zu rühren. »Klar konntest du den lesen. Du hast mir bloß nicht
getraut.« Argh. So hatte ich mir den Small Talk nicht vorgestellt. »Verstehe ich aber.« Valeska schaut mich noch ein-
dringlicher an. »Ich selbst würde mir auch nicht trauen.«
Keine Ahnung, was ich dazu sagen soll. Valeska hält mich
mit ihren stahlblauen Augen im Schwitzkasten.

»Lass uns über Valentin reden.«

WAS?

Valeska legt ihre Hände vor sich auf den Tisch und schaut
sie so genau an, als würde sie ihre Finger zum ersten Mal
sehen. »Ich habe den Eindruck, er gefällt dir.« Mit einem
Ruck hebt sie den Kopf und fixiert mich wieder mit diesem
blauen Blick. »Wie wär's, wenn du ihn haben könntest?«
Die Schmetterlinge in meinem Bauch rasten aus. »Mmh«,
sage ich leise. Valeska lässt meinen Blick nicht los. »Und
was würdest du dafür tun?« Alles, kreischen die Schmetterlinge, alllllllesssss! »Weiß nicht«, sage ich noch leiser. Irgendwie schaffe ich es, mich aus Valeskas Blick zu
befreien und aus dem Fenster zu sehen. Draußen wirbeln
die Schneeflocken so durcheinander, dass ich mich frage,
wie sie es schaffen, hinterher als glatte Schneedecke auf der
Erde zu liegen. »Ich kann dir mit Valentin helfen, unter einer Bedingung.« Ich sehe Valeska an. Ihr Gesicht ist völlig
unbewegt.

»Die Bedingung ist, dass du meine Freundin wirst.«

Gebongt!, rufen die Schmetterlinge. »Freundin?« Valeska nickt. »Genau: Freundin. Mit allem Drum und Dran: zusammen shoppen gehen, zusammen feiern gehen, immer füreinander da sein und sich alles erzählen.« Okay, alles klar! Die Schmetterlinge sind dabei. Aber neben ihnen nistet sich in meinem Bauch ein furchtbar dunkles Gefühl ein. Ich hole tief Luft. »Vor ein paar Tagen war es für dich noch die **Höchststrafe**, nur neben mir zu sitzen.« Valeska seufzt. »Da siehst du mal, was für schnelllebige Zeiten das sind. Heute bist du mir plötzlich kolossal sympathisch.« Ihr Blick sagt was anderes. Trotzdem frage ich weiter. »Wie könntest du mir denn helfen?« Valeska schüttelt den Kopf. »Erst musst du Ja sagen.«

Jaaaaaaaaa, schreien die Schmetterlinge.

»Ja«, sage ich.

Valeska lächelt. »Valentin gibt Mathe-Nachhilfe. Und zwar ziemlich gute. Ich gehe ein Mal die Woche zu ihm. Und da du ja ziemlich Bedarf hast«, sie lacht kurz trocken auf, »ist das doch die perfekte Gelegenheit, sich mal ganz unauffällig in sein Leben zu schleichen, oder?« Sie holt einen Stift raus, schreibt etwas auf eine Serviette und schiebt sie mir rüber. »Hier ist seine Nummer. Sag, dass ich dich geschickt habe.«

Als wir zurück in die Schule kommen, rennen gleich Georgina und Jule auf mich zu. Ich versuche, ihrem Durcheinanderrufen irgendeinen Sinn zu entnehmen. »Sorgen« verstehe ich und »aus Paula nichts rausbekommen« und »melden können«. »Ruhe!«, sage ich. Zu meiner großen

Überraschung sind die beiden tatsächlich ruhig. Das verwirrt mich so, dass ich erst gar nicht weiß, warum ich eigentlich wollte, dass sie still sind. Wir schauen uns an und schweigen. »Ja?«, sagt Georgina. Ein paar Meter von uns entfernt sehe ich Valeska stehen. Sie schaut herüber. »Also: Wir haben keine Gehirnerschütterung«, sage ich. **»Wir?«** Georgina sieht mich an, als würde ich Chinesisch sprechen. »Na, Valeska und ich.« **»Valeska und ich?«** Georgina stemmt die Arme in die Seiten. Ich sehe Georgina an, wie sie da steht, so selbstgerecht und von sich überzeugt, dass es mich unglaublich wütend macht. »Vielleicht freust du dich einfach mal, dass es mir gut geht!« Ich schiebe sie zur Seite und gehe. »Pia!«, ruft Jule mir nach.

Auf dem Weg zur Bushaltestelle muss ich an Leonie, Mareike und Lara vorbei. Sie ignorieren mich, keine winkt, keine ruft, und keine wirft mir Kusshände zu. Trotzdem fühle ich mich nicht wirklich erleichtert. Im Bus wird mir erst richtig klar, was vorhin passiert ist. Ich bin jetzt Valeskas »Freundin«. Mir wird schlecht. Ich will rausschauen, aber die Scheiben sind so stark beschlagen, dass man überhaupt nichts sieht. Ich lockere meinen Schal. Der Bus wird im Winter immer zur reinsten Sauna. Auf der beschlagenen Scheibe bilden sich seltsame Muster. Eigentlich will ich gar nicht wissen, was es bedeutet, Valeskas Freundin zu sein. Will sie jetzt, dass ich mich in den Pausen zu ihrer Clique stelle? Oh Gott. Auf dem engen Sitz versuche ich, meinen Mantel auszuziehen, und haue dabei der Oma neben mir meinen Ärmel ins Gesicht. Ich gebe es auf und schwitze.

Die Serviette mit Valentins Nummer lege ich zu Hause neben das Telefon und setze mich davor. So. Telefon nehmen, Nummer wählen und sagen …, und sagen … Hallo, hier ist Pia? Er weiß ja gar nicht, wer ich bin. Hallo, hier ist Pia, die Freundin von Georgina? Super, dann stelle ich mich gleich als der Sidekick vor, der ich bin. Hallo, ich habe deine Nummer von Valeska? Das könnte gehen. Außer, er kann Valeska überhaupt nicht leiden …, was ja durchaus verständlich wäre. Aber warum gibt er ihr dann Nachhilfe? Weil er das Geld braucht. Geld … ist sowieso noch so eine Sache. Valeska hat nicht gesagt, was Valentin eigentlich für die Nachhilfe nimmt. Hinterher kann ich ihn gar nicht bezahlen. Vor dem Telefon und der Serviette versinke ich in Phantasien über alternative Zahlungsmethoden, aus denen ich erst aufwache, als ich höre, wie jemand die Tür aufschließt. Ich kann mir gerade noch die Serviette in die Hosentasche stopfen, da steht Mama neben mir. »Zwei Schwerverletzte bei einer Hinterhof-Schießerei«, seufzt sie und gibt mir einen Kuss auf die Wange. Ich stehe auf. »Danke für den Polizeibericht.« »Ups, ich wollte dich ja nicht mehr mit Toten und Verletzten begrüßen. Sorry.« Mamas Stimme wird immer leiser, weil sie auf dem Weg in die Küche ist.

Tatsächlich gelingt es mir, Mama beim Abendessen davon zu überzeugen, dass ich dringend Mathe-Nachhilfe brauche. Wobei **überzeugen** das falsche Wort ist. Mama springt mir fast vor Freude an den Hals, als ich das Wort **Nachhilfe** ausspreche. »Das kann ja dann dein Vater bezahlen«, sagt sie fröhlich.

Nach dem Abendessen ist es zu spät, um bei Valentin anzurufen. Ich schwöre mir, dass ich das morgen tun werde, und bin erst mal ziemlich erleichtert, dass ich mich heute nicht mehr dazu überwinden muss. Stattdessen stalke ich ihn ein bisschen im Internet. Leider ist seine Facebook-Seite ausschließlich für Freunde offen. Nur sein Profilbild kann ich anschauen: ein Sonnenuntergang. Oh Mann. Da hätte ich ihm irgendwie mehr zugetraut. Andererseits: Wenn ich jetzt mit Valentin diesen Sonnenuntergang anschauen könnte …
Bevor ich in das nächste stundenlange Valentin-Phantasie-Delirium falle, klicke ich weiter. Auf einer uralten Seite finde ich ein Foto von Valentin beim Fußballtraining. Da muss er ungefähr vierzehn sein. Er sieht sehr, sehr süß aus, mit dunklen Locken, die er damals noch viel länger getragen hat als jetzt. Und diese braunen Augen dazu …, stopp. Ganz ruhig.
Zur Ablenkung gebe ich bei *YouTube Die Hohe Schule* ein und schaue mein Video noch mal an. Oje, die Montage hätte ich teilweise echt besser machen können. Ich bin schon kurz davor, das Video runterzunehmen, als ich sehe, was darunter steht:

Genial! Wann kommt die nächste Folge???? – PietShiet

Am besten ist die Stelle, wo sich alle wegen dem Klopfen in die Hose machen lol – Pony-K

Hehe, von der Frau will ich mir auch die Augen verbinden lassen! – doctordoctor

Genial montiert, gibt es noch mehr von dir hier? –
Vale

Ehm, Vale? Vale? Valentin? Für einen Moment wird mir
ganz schlecht. Wenn Valentin gesehen hat, wie ich mich
fake von ihm anschmachten lasse, will ich sterben. Andererseits: Er lobt ja gerade die Montage! Vielleicht habe
ich seine geheimsten Wünsche erkannt, seinem un-
terbewussten Verlangen filmischen Ausdruck ver-
liehen?

Gannnnnnnnnz sicherrrrrrrrrrrrrrr, schnurren die
Schmetterlinge.

ICH WACHE mit absoluter Entschlossenheit auf. Ich
werde Valentin heute anrufen. Damit meine Entschlossenheit nicht durch so banale Dinge wie Duschen, Früh-
stücken und Busfahren gefährdet wird, mache ich es sofort.
Ich nehme mein Handy und die Serviette vom Nachttisch
und wähle Valentins Nummer. Mein Herz rast. Mein Handy
tutet. Viermal, fünfmal, sechsmal, siebenmal …, ich will
gerade auflegen, als jemand am anderen Ende »He?« sagt.
Das klingt nach einer Frau. Zum Glück liege ich im Bett,
sonst würde ich in Ohnmacht fallen. »Äh …, ist da Valentin?« »Nee, der schläft noch, oder Moment, ich glaube, er
wacht grad auf.« Das **ist** eine Frau. Bevor ich darüber weiter nachdenken kann, sagt eine dunklere Stimme »Was?«.
Ich glaube, man kann doch im Liegen in Ohnmacht fallen.
»Hier ist Valeska«, sage ich und höre dabei selbst das Zittern in meiner Stimme, »ich hab deine Nummer von Pia …,
nein, umgekehrt. Also, ich bräuchte auch dringend Mathe-
Nachhilfe.« »Ah ja?« Valentin klingt plötzlich viel wacher
und freundlicher. Ich kann richtig sehen, wie er sich im
Bett aufsetzt. »Also, pass auf Pia, ich sag dir einfach mal die
Rahmendaten, und dann kannst du überlegen, ob das was
für dich ist!« Rahmendaten? »Okay.« »Also: Eine Stunde

kostet fünfzehn Euro. Immer sofort in bar fällig. Zeit hätte ich noch Donnerstag und Sonntag. Wie sieht's aus? Kommen wir ins Geschäft?« Ins Geschäft? Wir dachten eigentlich eher, ins Bett, flöten die Schmetterlinge dazwischen. »Okay«, antworte ich. »Gut, deine Nummer habe ich ja jetzt hier auf dem Display, und du hast meine auch, nur falls mal was dazwischenkommen sollte. Meine Adresse ist Gardeschützenweg drei. Klingel bei Wellner. Dann bis Donnerstag um vier!« »Okay«, sage ich noch mal. »Ach, und Pia?« »Ja?« »Ruf mich bitte nie wieder mitten in der Nacht an. Ja?« Ich höre noch, wie die Frau im Hintergrund lacht, dann legt Valentin auf. Mit meinem Handy in der Hand starre ich an die Wand. War das im Hintergrund Georginas Stimme? Valeska eher nicht, dafür war die Stimme etwas zu hoch. Aber Georgina ist nicht auszuschließen. Andererseits: Wäre ich mir nicht ganz sicher, wenn es Georgina gewesen wäre? Noch andererseits: Ich war geistig gerade total umnebelt, da kann es auch sein, dass ich die Stimme meiner besten Freundin nicht sofort erkenne. Es gibt nur eine Möglichkeit. Ich wähle Georginas Nummer. Ich weiß nicht, was lauter ist: mein Herzschlag oder der Freizeichen-Ton aus meinem Handy. Nach fünfmal Klingeln geht Georginas Mailbox dran. Ich lege auf. Das kann jetzt alles bedeuten:

a) Georgina geht nicht dran, weil sie mit Valentin im Bett liegt.

b) Georgina geht nicht dran, weil sie ohne Valentin im Bett liegt.

Eigentlich ist es auch egal.

Ob Georgina oder nicht, Valentin lag definitiv mit einer

Frau im Bett, und dass das seine Schwester, Mutter, Cousine oder Oma war, ist ziemlich unwahrscheinlich. Ich lege mein Handy zurück auf den Nachttisch und heule.

Zwei Stunden später schaffe ich es irgendwie, aufzustehen und mich unter die Dusche zu schleppen. Schule, beschließe ich, wird heute nichts mehr. Ich kann Georginas Anblick jetzt einfach nicht ertragen. Hinterher erzählt sie noch Details von ihrer Nacht mit Valentin. Ich könnte schon wieder heulen.

Als meine Haare trocken sind, fahre ich zu einem dieser Coffee Shops, in die eigentlich nur Touristen gehen. Mit meinem Kaffee setze ich mich im ersten Stock an den Tresen direkt am Fenster und schaue raus. Ich beneide die anderen Leute darum, dass sie hier im Urlaub sind, die hocken hier über ihren Reiseführern und überlegen, durch welche hundert Museen sie sich heute noch schleppen wollen. Wenn ich die sehe, habe ich immer das Gefühl, dass denen keiner was kann. Die schauen sich alles nur mal kurz an, machen ein Foto und sind dann wieder weg. Tourist müsste ich sein. Dann würde ich mir meine Valentin-Verzweiflung anschauen wie ein interessantes Ausstellungsobjekt und dann zur nächsten Attraktion weiterrasen. Mir kommen schon wieder die Tränen. Ich schlucke sie zusammen mit dem Kaffee runter, so gut es geht, und schaue raus. Gegenüber vom Coffee Shop ist ein Altersheim. Eine Frau sitzt im Rollstuhl am Fenster. Unten fahren Straßenbahnen entlang, gehen Leute über die Straße, dazwischen fahren Fahrrad-Rikschas. Ich kann richtig fühlen, wie still es in dem Zimmer sein muss, in dem die alte Frau am Fenster sitzt. Plötzlich merke ich, dass sie zu mir rübersieht. Vielleicht denkt sie gerade das Gleiche über mich: dass ich hier sitze und mir die Welt hinter Glas anschaue, anstatt dabei zu sein. Ich stelle meine Kaffeetasse so fest auf den Tresen, dass ich selbst vor dem Knall erschrecke. Dann nehme ich meine Sachen und gehe.

Wer Valentin kriegt, ist noch lange nicht entschieden.

Ich hasse es, nach einem geschwänzten Vormittag nach Hause zu kommen. Während ich, statt in der Schule zu sein, in der Stadt unterwegs bin, fühlt sich das unglaublich frei an. Aber wenn ich dann nach Hause komme, ist das nur halb so schön wie das Nachhausekommen nach der Schule. Nach der Schule bin ich erschöpft und erleichtert und froh, wieder einen Tag überlebt zu haben. Jetzt fühlt es sich eher langweilig an, zu Hause zu sein. Und allein.

Um was zu tun zu haben, stopfe ich die Schürzen in die Waschmaschine. Dann setze ich mich an den Computer. Das Video hat schon wieder tausend Klicks mehr. Ich kann es immer noch nicht glauben, dass sich wirklich irgendwelche Leute, die ich überhaupt nicht kenne, mein Video anschauen. Während ich noch ungläubig auf den Bildschirm starre, werden es schon wieder drei mehr. Wahnsinn, in diesem Augenblick schauen drei Leute mein Video! Um nicht vor Stolz durchzudrehen, mache ich *YouTube* zu und checke meine Mails. Da sind Nachrichten von Paula, Jule, Georgina und sogar Anke, die alle wissen wollen, ob ich krank bin und warum ich nicht auf ihre SMS reagiere. Weil ich mein Handy nicht mehr anfasse, seit ich heute damit bei Valentin angerufen habe, während er mit Georgina im Bett lag, würde ich gerne antworten. Aber dann lese ich mir Georginas Mail genauer durch. **Ich hab Mama gesagt, dass du krank bist, und sie meint, ich soll dir Kuchen vorbeibringen. Also bis nachher!** Bis nachher? Georgina hat die Mail um halb zwei geschrieben, also ist nachher …

Jetzt.

Obwohl ich heute Morgen noch das Bedürfnis hatte, Georgina eine reinzuhauen, freue ich mich sehr, als sie mit einer riesigen Kuchenbox vor unserer Tür steht.

»Was ist denn los, bist du wirklich krank, oder hattest du keinen Bock auf Kröve?« Ich laufe Georgina in unsere Küche hinterher und danke ihr innerlich dafür, dass sie mir die Begründung selbst liefert.

»Ich hatte keine Lust, mich schon wieder von Kröve fertigmachen zu lassen«, sage ich zu Georgina. Wir sitzen in der Küche und essen den frischen Apfelkuchen von ihrer Mutter. »Der Kröve ist ein frustriertes Arschloch, ich wette, der hatte hundert Jahre keinen Sex!« Georgina kaut genüsslich ihren Kuchen. Ich sehe ihr zu und überlege, ob sie wie jemand aussieht, der heute Morgen Sex mit Valentin hatte.

»Dieser Sadist!«, sagt Georgina.

»Valentin?«

Georgina hört auf zu kauen und schaut mich an.

»Wieso Valentin?«

Scheiße.

»Valentin, na, wegen …, na, ob der Kröve in der Oberstufe auch so ist! Weißt du da was von Valentin?« Georgina schaut mich an, als würde sie an meinem Verstand zweifeln. »Mit Valentin rede ich doch nicht über Herrn Kröve.« Sie lacht. Jetzt möchte ich ihr doch gerne wieder eine reinhauen. Die Waschmaschine piept. Ist vielleicht ganz gut, wenn ich kurz mal von Georgina wegkomme. »Das sind die Schürzen. Ich häng die mal grad auf.« Georgina reibt sich die Krümel von den Händen. »Soll ich dir helfen?« Ich schüttele den Kopf. »Nicht nötig.«

Im Bad atme ich auf. Jetzt habe ich wenigstens einen Moment Zeit, mir die neuen Informationen durch den Kopf gehen zu lassen. Ich schalte die Maschine aus, ziehe die Tür auf und hole die Wäsche heraus, während ich darüber nachdenke, was ›Mit Valentin rede ich doch nicht über Herrn Kröve‹ bedeuten kann:

a) Mit Valentin rede ich über andere Dinge als Herrn Kröve.

b) Mit Valentin rede ich doch nicht, sondern mache ganz andere Sachen.

Ich halte die nasse Wäsche in der Hand und bin mir sicher, dass Georgina und Valentin nicht viel Zeit mit Reden vergeuden. Ich könnte direkt in die nassen Schürzen heulen. In die nassen … pinken Schürzen. Oh mein Gott. Die Schürzen, die vorhin noch weiß waren, schmuddelig weiß, aber doch weiß, sind jetzt schreiend pink. Ich wühle den nassen Haufen durch und finde ganz unten meinen neuen roten Pullover. Scheiße, den habe ich gestern in die Maschine geschmissen, um ihn heute extra zu waschen, weil er sicherlich beim ersten Mal Waschen abfärbt. Und genau das hat er jetzt getan.

»Soll ich dir nicht doch helfen?«

Das ist Georginas Stimme aus dem Flur. Ich kann gerade noch rechtzeitig die Badezimmertür abschließen. Einen Moment später drückt Georgina von außen die Klinke herunter. »Pia? Warum schließt du denn ab?« »Ich … ich bin wohl doch richtig krank!« Ich mache ein paar würgende Geräusche. »Pia? Kotzt du? Lass mich rein, nicht dass du ohnmächtig wirst oder so! Man kann an seiner eigenen Kotze ersticken!« An meiner eigenen Kotze ersticken gibt erstaunlich gut wieder, wie ich mich gerade fühle. Ich mache noch lautere würgende Geräusche und rufe dabei »Bitte lass mich alleine!«. Georgina rüttelt immer wilder an der Klinke. »Ich kann dich doch so nicht alleine lassen, Pia, bitte lass mich rein!« Es klingt, als wäre sie richtig verzweifelt. »Pia, bitte!« Jetzt tut Georgina mir fast leid. Aber reinlassen kann ich sie trotzdem nicht. Ich würge etwas leiser. »Es geht schon besser.« »Dann lass mich doch rein!« Oh Mann. So werde ich Georgina nicht los. »Ich hab auch noch Durchfall«, rufe ich durch die Tür, in der Hoffnung, dass das ekelhaft genug ist, um Georgina abzuschrecken. »Das ist ja schlimm, bitte mach doch auf, nicht dass du völlig dehydrierst!« Okay. Georginas Fürsorge bin ich nicht gewachsen. Ich will gerade aufgeben, die Tür aufmachen und Georgina alles gestehen, als Geräusche und eine andere Stimme vom Flur kommen. »Georgina? Was ist denn los?« Mama. »Pia hat sich im Bad eingeschlossen und kotzt!« Jetzt wird wieder an der Klinke gerüttelt. »Pia? Alles okay? Mach auf!« Mama klingt nicht ganz so hysterisch wie Georgina. »Georgina soll weggehen«, rufe ich durch die Tür, »ich will nicht, dass sie mich so sieht!« »Okay«, höre ich Georgina sagen, und: »Sagen Sie mir dann Bescheid, wie es ihr geht?« Die Wohnungstür fällt ins Schloss. »Okay, sie ist weg!« Ich mache die Tür auf. »Hallo«, sage ich zu Mama und kann in ihrem Gesicht ablesen, wie sehr sie erwartet hat, mich quicklebendig mit einem nassen pinken Wäscheberg in den Händen zu sehen.

»Entfärber«, sagt Mama, als ich ihr die Sache bei einem Stück Kuchen erklärt habe. »Vielleicht hilft Entfärber. Gibt es in der Drogerie.«

Hilfe bei Ausbluten nicht farbechter Textilien steht auf der Packung, die ich eine Stunde später in der Drogerie in der Hand halte. **Ausbluten**, das klingt definitiv dem Ernst der Lage angemessen. Ich schöpfe Hoffnung, dass ich die Schürzen am Samstag tatsächlich weiß wiederbringen kann. Ein Euro und neun Cent finde ich da als Preis auch nicht übertrieben. Fast bin ich schon wieder ansatzweise gut gelaunt, als ich aus der Drogerie rauskomme.

Und Georgina auf der anderen Straßenseite stehen sehe.

Für einen Moment glaube ich, dass unsere Blicke sich treffen, dann hält ein Bus auf Georginas Straßenseite. Als der Bus weiterfährt, ist Georgina verschwunden.

Am liebsten würde ich zurück in die Drogerie gehen und nach einem Mittel für das Auswaschen peinlicher Momente fragen. Aber das würde nur den nächsten peinlichen Moment erzeugen. Auf dem Weg nach Hause kann ich nur eines denken: Hat Georgina mich gesehen? Es kam mir zwar so vor, als hätten unsere Blicke sich getroffen, aber war das wirklich so? Oder hat Georgina einfach nur vor sich hin geträumt? Ich hoffe, hoffe, hoffe es.

»Ach je«, sagt Mama, als ich ihr zu Hause von dem Unglück erzähle. Ich laufe in der Küche auf und ab. »Was soll ich Georgina denn jetzt sagen? Dass ich eine Spontanheilung hatte, als sie weg war?« Mama streicht mir über den Rücken. »Ach, Schatz, das kenne ich von unseren Vernehmungen: Eine Lüge zieht die nächste nach sich.« Na danke. »Willst du mich jetzt mit deinen Kriminellen vergleichen, oder was?« Mama nimmt ihre Hand von meinem Rücken. »**Mutmaßlich** Kriminellen.« Ich seufze. »Ich weiß, ich weiß: Ihr verurteilt niemanden vor.« Die Rede hält Mama mir, seit ich auf der Welt bin. Hilft mir nur gerade überhaupt nicht.

Auch der Entfärber hilft nicht. Die Schürzen kommen in einer Milli-Nuance heller aus der Waschmaschine. »Ich find's eigentlich ganz pfiffig«, sagt Mama, als ich ihr die Katastrophe präsentiere. »Pfiffig?« Was Schlimmeres hätte sie nicht sagen können. **Pfiffig** ist das absolute Unwort, **pfiffig**, das sagen fünfzigjährige Schuhverkäuferinnen, wenn etwas **pfiffig** ist, darf man es auf überhaupt gar keinen Fall kaufen. Schlimmer ist nur – »Das Pink ist doch richtig **frech**!« Genau, Mama, FRECH.

AM NÄCHSTEN TAG liefern Georgina und ich uns ein nie da gewesenes Abcheck-Duell. Wir tun beide so, als wäre alles ganz normal, und beobachten uns gegenseitig aus den Augenwinkeln. Ich frage mich die ganze Zeit, ob Georgina a) was mit Valentin und b) mich vor der Drogerie gesehen hat. Was Georgina sich fragt, weiß ich nicht. Anke hält sich weiter abseits von uns, Jule rennt zwischen ihr und uns hin und her und wird immer einsilbiger. Dafür redet Paula umso mehr. Und immer, immer ist sie einer Meinung mit Georgina. »Ja, Georgina, genau, Georgina, da hast du völlig recht, Georgina!« Ich kann's schon nicht mehr hören. Es würde mich nicht wundern, wenn Georgina Paula demnächst an einer Leine Gassi führt. Wenn Jule bei uns ist, lässt sie ihre Wut auf Georgina mit Vorliebe an Paula aus. In dieser aufgeladenen Atmosphäre traue ich mich wirklich nicht, die Sache mit den pinken Schürzen zu beichten.

Zu allem Überfluss kommt in jeder Pause Valeska zu mir, um Small Talk zu machen. Sie fragt mich komplett aus: was ich am Nachmittag gemacht habe, mit wem ich mich getroffen habe, und so weiter und so fort. Die anderen schauen sich das mit ziemlich misstrauischen Gesichtsausdrücken an. »Echt, Valeska verarscht mich wirklich total«, sage ich in die Runde, als Valeska gerade mal wieder nach einem kurzen Plausch abgezogen ist. »Ja, klar«, Georgina nickt, »das ist wirklich die totale Verarsche!« Jule nickt düster.

Neben der komischen Situation mit Georgina und den anderen muss ich auch noch meine Valentin-Schmetterlinge unter Kontrolle halten, die trotz aller Gegenargumente im Angesicht des näher rückenden Donnerstags wilde Vorfreude-Feste feiern. Ihr seid bekloppt, sage ich ihnen, der sieht in mir nur eine zahlende Nachhilfekundin! Kapiert das doch! Bsbsbsbsbsbsbsbs, machen die Schmetterlinge und kapieren gar nichts. Selbst wenn Georgina mit Valentin spricht, sich dabei durchs Haar fährt und Valentin so lächelt, wie er es sonst nie tut, setzen die Schmetterlinge sich nicht hin, sondern feiern noch wilder. Denen ist echt nicht zu helfen.

»Bis nachher«, sagt Paula, als ich nach der letzten Stunde schnell zum Bus verschwinden will. Argh. Es ist wieder Paula-Tag. Das hatte ich über allem anderen total verdrängt. Eigentlich lohnt es sich kaum, noch nach Hause zu fahren. Ich laufe an der Bushaltestelle vorbei ins *Casa*. Dort bestelle ich mir ein *Ciabiatta Caprese* und einen Milchkaffee. Erst nach ein paar Minuten fällt mir auf, dass ich an dem Tisch sitze, an dem Georgina uns damals ihre grandiose Dinner-Club-Idee erzählt hat. **Damals**, wie das klingt. Das ist doch eigentlich gerade mal ein paar Tage her. Aber es fühlt sich an wie Jahre. Ich verstehe einfach nicht, wie wir uns in so kurzer Zeit so gründlich zerstreiten konnten. Bevor ich weiter darüber nachdenken kann, setzt sich jemand zu mir an den Tisch. »Hallo, Pia!«

Valeska.

»Und dann hat Malte, weißt du, der aufm Helmholtz in die Elf geht, zu Mareike gesagt, dass Yanick aus der Zwölf zu Vanessa, diese eine Blonde vom Ceci, gesagt hat, dass Noah vom Rats Mareike total süß findet!« Gefühlte drei Stunden später textet Valeska mich immer noch mit Informationen über irgendwelche Leute, die ich nicht kenne, und ihre Beziehungen zu irgendwelchen anderen Leuten, die ich auch nicht kenne, voll. Ab und zu sehe ich unauffällig auf die Uhr. Ich muss dringend los zu Paula. Plötzlich hält Valeska in ihrem Redestrom inne und sieht mich an. »Was ist eigentlich Georgina für eine?« »Ähm.« »Du bist doch ihre beste Freundin, oder?« »Ja.« Ich glaube schon. »Die wirkt ja so, als könnte ihr nichts was anhaben. Aber die tut sicher auch nur so, oder?« »Nein.« Ich winke dem Kellner. »Nein, die ist wirklich so. Da ist nichts gespielt.« Valeska winkt dem Kellner auch. »Ich lade dich ein. Und dann begleite ich dich noch ein Stück, wo auch immer du so dringend hinmusst.«

Ich gehe einen riesigen Umweg zu Paula und hoffe immer, dass es Valeska jetzt langsam reicht. Aber Valeska läuft fröhlich plaudernd neben mir her und scheint sich bestens zu amüsieren. Leider ist ihr Lieblingsthema Georgina. »Und wo kommen Georginas Eltern her? Aus Italien, oder? Fährt sie da noch öfter hin?« Ich nicke. »Ab und zu.« »Und was hat sie für Hobbys? Ich hab von irgendwem gehört, dass sie gerne kocht?« Valeska sagt das so beiläufig, dass ich noch hellhöriger werde, als ich sowieso schon bin. »Davon«, sage ich, »weiß ich nichts.« Leider macht diese Antwort wiederum Valeska hellhörig. »Davon **weißt** du nichts?« Ich schüttele den Kopf und sehe auf die Uhr. Ich bin schon eine halbe Stunde zu spät. Aber ich kann unmöglich mit Valeska zu Paulas Haus gehen, dann bin ich bei Valeska für immer unten durch.

Obwohl das vielleicht gar nicht so schlecht wäre. Dann bin ich sie wenigstens endlich los.

Oder aber ich komme zurück auf ihre Abschussliste. Los werde ich sie so oder so nicht. Es gibt keinen Ausweg.

»Valeska!«

Valeska und ich drehen uns um. Auf der anderen Straßenseite stehen Mareike und Leonie. Ich habe mich selten so gefreut, die beiden zu sehen. Valeska winkt den beiden zu, sagt »Also bis morgen« zu mir und ist verschwunden. Ich werfe ihrem Rücken noch eine Kusshand hinterher, dann mache ich mich so schnell ich kann auf den direkten Weg zu Paula.

Natürlich ist mir Paula nicht böse, dass ich eine Stunde zu spät komme. »Macht gar nichts«, sagt sie, lächelt und schlägt ihr Heft auf. Ihre unterwürfige Art geht mir so auf die Nerven, dass ich ihr mein Mathebuch über den Kopf ziehen könnte. Jetzt wird sie gleich wieder stundenlang von Gleichungen und Variablen labern.

Aber da irre ich mich.

Paula schaut zwar angestrengt in ihr aufgeschlagenes Matheheft, sagt aber: »Ich freu mich schon total aufs Kochen nachher! Um fünf vor der Schule, oder? Gehen wir dann gleich zusammen hin?« Ich nicke und schweige. Paula redet weiter. »Georgina hat so viel Leidenschaft, das kann man nur bewundern!« Ich sage nichts. Das stört Paula überhaupt nicht. »Hast du gesehen, wie Valentin sie immer anschaut? Der ist total verknallt in sie!« Paula malt Schmetterlinge in ihr Heft. »Georgina hat mir erzählt, dass sie nach der Schule in Italien Kulinaristik studieren will. Ist das nicht toll?« »Wenn sie das Abitur schafft«, sage ich und klinge dabei wie Georginas Mutter. »Natürlich schafft sie das, sie ist total intelligent! Und kreativ!« »Ja, ähm, Paula, sollen wir vielleicht mal mit Mathe anfangen?« »Ach ja, klar.« Paula nimmt mir das Mathebuch ab und blättert darin. »Und in letzter Zeit bin ich oft bei ihr zu Hause beim Kaffetrinken, ihre Eltern sind ja total süß! Wie ihre Mama backen kann, da weiß man gleich, woher Georgina das Talent hat!«

Aha.

»Mann, da kommt ihr ja!«, faucht Georgina uns entgegen, als Paula und ich vor der Schule ankommen. Georgina steht mit Jule und drei großen bunten Taschen vor der Kellertür. Ich schaue auf die Uhr: Es ist zwei Minuten nach fünf. »Pünktlichkeit …«, sagt Georgina – »… ist eine Grundvoraussetzung für erfolgreiches Arbeiten in der Küche«, leiern wir im Chor. Wir lachen, Georgina schüttelt den Kopf und schließt die Tür auf.

»So«, sagt Georgina in der Küche, »dann packt mal aus, was ihr mitgebracht habt!« Mist, ich habe natürlich nichts dabei, weil ich nicht noch mal zwischendurch zu Hause war. Jule und Paula packen ihre Taschen aus. Auf dem Tisch häufen sich Kartoffeln in verschiedenen Größen, Sellerie, Zwiebeln und Karotten. Georgina sieht mich erwartungsvoll an. »Und was hast du mitgebracht, Pia?« Ich sage nichts. »Pias Kartoffeln waren mit in meiner Tasche.« Paula. Ich weiß nicht, was mich mehr ärgert: dass Georgina sich aufführt, als wäre sie hier die Grundschullehrerin, oder dass Paula das mitspielt, indem sie mich derart billig in Schutz nimmt. »Na ja, es reicht auf jeden Fall!« Georgina reibt sich die Hände. »Fehlen nur noch die Schürzen!« Sie sieht mich noch erwartungsvoller an als gerade eben. »Pia?« Jetzt wünsche ich mir fast, ich hätte auch die Schürzen heute Morgen zu Hause gelassen. Aber sie liegen in meiner Tasche, zentnerschwer. Obwohl mir gerade noch eiskalt war, wird mir innerhalb von Sekunden so heiß, dass ich mich nackt ausziehen könnte. Aber selbst das würde Georgina vermutlich nicht davon ablenken, dass die Schürzen statt blütenweiß schreiend pink sind. Mit zitternden Händen hole ich die Schürzen heraus. »Wow!«, ruft Paula. Ich zucke zusammen. »Du hast sie pink gefärbt!« Sie reißt mir eine Schürze aus der Hand und bindet sie sich um. »Und?« Paula dreht sich vor uns im Kreis und macht dabei seltsame Model-Posen. »Schön!« Jule bindet sich auch eine Schürze um. Ich schaue vorsichtig nach Georgina. Die sieht noch etwas skeptisch aus. Dann nimmt sie sich eine Schürze, hält sie in den Händen und schaut sie ganz genau an. »Also, fragen hättest du mich ja schon kön-

nen.« »Tut mir leid.« »Ist okay.« Georgina bindet sich die
Schürze um. Als ich die drei in den Schürzen da stehen sehe,
kommt es mir schon fast so vor, als hätte ich die Schürzen
wirklich extra pink gefärbt. Ich binde mir auch eine um und
stelle mich neben die anderen. »Weißt du«, sage ich zu Georgina, »vorher waren das einfach nur weiße Schürzen. Jetzt
ist das *Corporate Design*. Unser Markenzeichen sozusagen.«
    »Ihr seht toll aus!«
    Wir schauen zur Tür. Da steht Valentin. Ich spüre, wie
mein Gesicht die Farbe der Schürze annimmt. »Besonders
du.« Valentin geht zu Georgina und umarmt sie. Warum?,
schreien die Schmetterlinge in meinem Bauch. Warum
besonders Georgina? Das Pink beißt sich total
mit ihren roten Haaren, und außerdem hat Pia die
Schürzen so gefärbt, also muss Pia dafür umarmt
werden! Erst als ich Georginas Gesichtsausdruck sehe, beruhigen die Schmetterlinge sich etwas. Georgina starrt über
Valentins Schulter ins Leere, so als würde sie sich gerade
fragen, wie lange diese blöde Umarmung wohl noch dauert.
»Kartoffelsuppe«, sagt sie irgendwann und schiebt Valentin
von sich weg, »wir müssen jetzt Kartoffelsuppe kochen. Und
du setzt dich irgendwo hin und störst uns nicht.« »Jawoll,
Chef!«, sagt Valentin und grinst dabei so glücklich, als hätte
Georgina ihm gerade ihre Liebe erklärt. Dann setzt er sich
auf einen Stuhl und sieht verträumt zu, wie Georgina die
Aufgaben verteilt.
    Dabei ist sie voll in ihrem Element. »Eins muss klar
sein«, sagt sie und sieht uns streng an, »in der Küche ist
immer einer der Chef. Demokratie in der Küche? Gibt es

nicht. Geht nicht. Der Chef bin ich.« Jule lacht. Georgina
fährt sie an: »Das ist kein Scherz.« »Ich weiß. Das ist ja das
Komische daran.« Jule und Georgina stehen ganz still und
starren sich an. »Und was soll ich machen?«, ruft Paula in
das Schweigen hinein. Georgina lässt sich tatsächlich ablenken. »Du kümmerst dich mit Pia um die Kartoffeln und den
Sellerie.« Paula nickt. »Okay.« Ich habe auf Kartoffelschälen
überhaupt keinen Bock, aber ich will Georgina nicht noch
wütender machen. »Jule putzt und würfelt die Zwiebeln und
die Karotten.« Jule nimmt lustlos eine Zwiebel in die Hand.
»Und was machst du?« Georgina sagt nichts, kramt in ihrer Tasche und holt mehrere Pakete Mehl, ein paar Dosen
und jede Menge schreiend bunte Tuben heraus. »Ich«, sagt
Georgina, »backe Cupcakes.« »Aha.« Jule sieht so aus, als
würde sie genau das Gleiche denken wie ich: Georgina hat
es mal wieder geschafft, dass sich alle mit stinkigen Sachen
wie Zwiebeln und Sellerie beschäftigen, während sie selbst
in eine duftende rosa Backwolke gehüllt ist. Selbst Georgina
merkt, dass die allgemeine Begeisterung sich in Grenzen
hält. »Das«, sagt sie und zeigt auf die Backzutaten, »ist
unser Kapital. Die Cupcakes verkaufen wir morgen in der
Schule. Den Gewinn investieren wir in unser erstes Menü.«
»Genial!« Das kam von Valentin. Der sitzt vollkommen
weggetreten auf seinem Stuhl und kann die Augen nicht
von Georgina lassen. Jule seufzt. »Also, fangen wir an?«

Man könnte denken, dass Georgina mit ihren Cupcakes
ausgelastet wäre, aber leider lässt ihr das Backen noch jede
Menge Zeit, uns beim Kochen zuzuschauen. Kaum nehme

ich eine Kartoffel in die Hand und setze den Sparschäler an, schreit Georgina »Neiiiiin«, kommt angerast und nimmt mir beides aus der Hand. »Sanft ansetzen, ganz sanft! Du willst doch nicht die halbe Kartoffel mit abschälen!« Wie Georgina von ihrem Backtisch aus erkennen können will, wie stark ich mit dem Sparschäler aufdrücke, ist mir ein Rätsel. Aber bitte schön. Kaum ist Georgina wieder bei ihren Backsachen, schrillt das nächste »Neiiiiiiiin« durch die Küche. Diesmal rast Georgina zu Jule. »Die Möhre bitte in gleichmäßige Stücke teilen, sonst klappt das mit dem Garen nicht!« Ich kann Jule mit den Zähnen knirschen hören. Fünf Minuten später geht es wieder los: »Neiiiiiiiin!« Diesmal ist Paula dran. »Sellerie schält man doch nicht, also wirklich! Muss ich euch eigentlich ALLES erklären?« Paula wird knallrot. »Georgina.« Das ist Jule. »Es reicht.« Georgina dreht sich zu Jule um. »Was?« »Entweder du sagst uns genau, was wir machen sollen, oder du lässt uns alles in Ruhe so machen, wie wir wollen. Aber so geht das GAR NICHT.« Wir anderen nicken. Georgina seufzt. »Entschuldigt. Ich hatte vergessen, dass ich es mit kompletten Anfängern zu tun habe.« Irgendwie klingt das überhaupt nicht wie eine Entschuldigung. »Am besten, ich lege jeder ein Musterstück hin.« Bevor jemand dazu was sagen kann, hat Georgina schon eine Möhre in der Hand. »Valentin?« Valentin schreckt auf seinem Stuhl hoch. »Ja?« »Gibst du mir bitte mal die schwere Schachtel aus der grünen Tasche?« Valentin springt auf, rennt zu der grünen Tragetasche, wühlt etwas darin herum und drückt Georgina einen Moment später eine flache Schachtel in die Hand. »Danke.« Valentin setzt sich beglückt wieder hin, Georgina macht die Schachtel auf. »Das«, sagt sie, »sind meine japanischen Messer. Die schärfsten Messer, die es gibt. Ich habe monatelang für die gespart.« Sie nimmt eins heraus, so vorsichtig, als wäre es aus Glas.

»Das Kochmesser.«

Georgina nimmt die Möhre, legt die Finger so darauf, dass ihre Fingerkuppen nicht mehr zu sehen sind, und setzt das Messer an. Dann schneidet sie die Möhre in atemberaubender Geschwindigkeit in haargenau gleich große Stücke. »Alles klar?« Jule nickt und will Georgina das Messer abnehmen. Georgina zieht das Messer weg. »Was soll das?«

»Na, ich muss das doch lernen!« Jule greift noch mal nach dem Messer. Georgina legt die Hand darüber. »Aber doch nicht mit meinem Fünfzig-Euro-Messer! Das ist nichts für Anfänger! Ihr nehmt bitte das!« Sie zeigt auf eines der stumpfen Messer, die wir in der Küche gefunden haben. »Na schön.« Jule greift sich das Messer und traktiert die Möhren, als müssten sie vor der Weiterverarbeitung noch geschlachtet werden. Georgina nickt zufrieden und geht zurück zu ihrem Backtisch.

Während ich eine Kartoffel nach der anderen schäle, beobachte ich unauffällig Valentin. Wobei ich das auch auffällig tun könnte. Valentin ist so in die backende Georgina vertieft, dass er von der Außenwelt nichts mitbekommt. Ich nehme mir die Kamera vom Regal und zoome auf ihn ein. Meine Güte, so ein Gesichtsausdruck müsste verboten werden. Ich schwenke auf Georgina. Leider muss ich zugeben, dass sie beim Backen wirklich bezaubernd aussieht. Bezaubernd – eigentlich finde ich dieses Wort vollkommen bescheuert, aber für die backende Georgina fällt mir nichts Passenderes ein. Sie ist vollkommen in ihre Arbeit vertieft und sieht dabei so glücklich und entspannt aus, wie ich sie noch nie gesehen habe. Ihre Wangen sind so rot, als hätte sie zu viel Rouge benutzt, und die pinke Schürze passt perfekt zu der fluffigen pinken Masse, die sie gerade anrührt. Ebenfalls passend dazu kommt aus dem Ofen, in dem die erste Fuhre Cupcakes backt, ein so leckerer Geruch, dass mir das Wasser im Mund zusammenläuft. Irgendwann merke ich, dass auch die anderen aufgehört haben zu arbeiten und Georgina zusehen. Durch unsere gebündelten Blicke erwacht Georgina aus ihrem Backrausch. Sie schaut sich so verwirrt um, als wüsste sie gar nicht, wer wir sind und was wir hier machen. Dann fällt es ihr offenbar wieder ein. »Seid ihr fertig?« Wir nicken. »Okay, dann jetzt bitte einen großen Topf nehmen und Zwiebeln und Kartoffeln darin anschwitzen – farblos! Etwas später dann die Karotten und den Sellerie dazu. Und mit Weißwein ablöschen und reduzieren lassen! Alles klar?« »Farblos?« Die anderen schauen genauso fragend wie ich. »Meine Güte!« Georgina wischt sich die Hände an ihrer Schürze ab und kommt zu uns herüber. »Was ein Topf ist, wisst ihr aber, oder?« Jule knallt wortlos den großen Topf vor Georgina auf den Tisch. »Gut. Niemals Öl separat erhitzen. Jamie Oliver hat mal gesagt, dass an allen rauchigen Küchen Öl schuld ist, das alleine im Topf war! Also Öl rein und auch gleich die Kartoffeln und Zwiebeln. Und dann auf mittlere Hitze stellen und rühren.

Immer rühren!« Georgina rührt zweimal mit dem Kochlöffel um, dann reicht sie ihn Paula. »Weitermachen! Es darf nichts dunkel werden! Deswegen heißt es auch FARBLOS ANSCHWITZEN, kapiert?« Ich sehe, wie Jule zu einem beißenden Kommentar ansetzt, aber dann hustet sie plötzlich laut. Paula ruft: »Rauch!« Georgina schreit auf und rennt zum Ofen, aus dem dunkle Schwaden kommen.

»Scheint so, als kämen doch nicht alle rauchigen Küchen von Öl, das alleine im Topf ist«, sagt Jule, als Georgina das Backblech mit den schwarzen Überresten der Cupcakes aus dem Ofen holt. Georgina setzt sich neben ihre Cupcake-Leichen und heult. Paula rührt im Topf herum und schaut betroffen. Ich nehme die Kamera aus dem Regal und zoome auf Georgina. Emotionen kommen immer gut. Valentin hockt sich neben Georgina und legt den Arm um sie. Mist, wäre ich mal hingegangen. Jetzt muss ich auf dem Display der Kamera ansehen, wie Valentin Georginas Rücken streichelt und leise auf sie einredet. Während ich mit zusammengebissenen Zähnen zuschaue, kommt mir schon wieder ein unangenehmer Geruch in die Nase. »Hilfe!« Das ist Paula, aus deren Topf dichter Rauch aufsteigt. Jule stößt sie zur Seite, schnappt sich den Topf und hält ihn unter den Wasserhahn. Es zischt laut, und der Gestank wird noch unerträglicher.

Nachdem wir mindestens zehn Minuten schweigend dagesessen und unsere Blicke vom schwarzen Topf zu den schwarzen Cupcakes und wieder zurück haben schweifen lassen, sagt Paula: »Vorschlag.« Ihre Stimme klingt ganz anders als sonst. »Wir geben die Kartoffelsuppe für heute auf. Die Zutaten sind eh alle. Aber Mehl und so weiter ist noch da, wenn ich das richtig sehe. Wir konzentrieren uns jetzt auf die Cupcakes, damit was in die Restaurant-Kasse kommt! Okay?« Jule nickt, und Georgina sieht nicht mehr völlig am Boden zerstört aus. »Okay«, sage ich.

Eine Stunde später sind unsere Arbeitstische voll mit schreiend bunten Cupcakes. Paulas sehen aus wie kleine Vögel mit wuscheligem Gefieder, Georginas sind knallbunt, und Jule hat aus ihren Billardkugeln gemacht, es hat sogar jeder Kuchen eine eigene Nummer. Ich habe meine dunkel glasiert und eine weiße Borte draufgemalt, die sich ganz lang durchzieht, wenn die Cupcakes nebeneinanderstehen. Wirklich professionell sehen nur Georginas Cupcakes aus, aber ich bin mir trotzdem sicher, dass alle morgen Verkaufsschlager werden. »Ich hör schon die Kasse klingeln.« Jule sieht das offenbar auch so. »Aber ein paar zweigen wir für uns ab!« Georgina holt ein weißes Tischtuch aus einer ihrer Taschen und legt es auf den langen Tisch in der Mitte des Raums. Ich nehme Teller und Besteck aus dem Schrank, und plötzlich stehen auch noch drei Flaschen Sekt auf dem Tisch. Ich glaube, das war Valentin.

»Auf *Die Hohe Schule*!« Georgina prostet uns zu. Wir müssen den Sekt zwar aus Saftgläsern trinken, aber zu den Cupcakes schmeckt er trotzdem großartig. Ich kann gar nicht glauben, dass wir uns vor Kurzem noch beinahe zerstritten hätten. Jetzt sehen alle fast euphorisch aus: Jule beißt in einen von Paulas Cupcakes und nickt dabei begeistert, Paula gratuliert Jule zu ihren Billard-Cupcakes, und Valentin – Valentin hat sich tatsächlich einen von meinen Cupcakes genommen! »Tolle Idee mit der Borte«, sagt er mit vollem Mund und schaut mir dabei richtig in die Augen. Und ich schaue nicht weg! Mindestens zwei Sekunden lang. Dann ruft Georgina »Juchu!«, und Valentin vergisst mich augenblicklich. »Ich hab gerade mal gerechnet: Das bringt morgen mindestens hundert Euro, wenn wir zwei Euro fünfzig pro Stück nehmen.« Jule kneift die Augen zusammen. »Zwei fünfzig? Meinst du, so viel ist irgendwer bereit zu zahlen?« »Bestimmt!«, sagte Paula. Georgina nickt. »Im Laden kostet ein Cupcake locker vier –«

»Hallo?«

Georgina verstummt, wir sitzen wie angewurzelt auf unseren Stühlen.

Wer, zum Teufel, hat hier gerade »Hallo?« gesagt?

»Hallo?«

Wir drehen uns zur Tür. Da steht eine blonde Frau und schaut neugierig in die Küche. »Es hat so toll geduftet, da mussten wir einfach mal nachschauen, woher das kommt!« »Wir?« Georginas Stimme klingt schrill. Die Frau tritt ein Stück zur Seite, hinter ihr schaut ein Mann hervor, hinter dem sich noch mehr Leute drängen. »Wir sind der Kurs *Bauch, Beine, Po für Anfänger*, und ihr?« Georgina sagt nichts. »Wir sind *Kochen und Backen Basic I*.« Zum Glück fällt Jule immer was ein. »Das hätten wir uns ja denken können, so wie das duftet!« Die *Bauch, Beine, Po*-Leute wagen sich immer weiter in die Küche vor und sehen sich neugierig um. »Ich wusste gar nicht, dass die Volkshochschule hier auch Kochkurse macht! Toll!« Die blonde Frau geht auf Georgina zu. »Leiten Sie den Kurs?« Georgina nickt. Von irgendwo kommt ein hoher Schrei. »Wie süüüüß!« Die anderen haben unsere Cupcakes entdeckt. »Kann man die probieren?« Georgina springt auf. »Die sind zum Verkauf bestimmt, sorry!« Die Frau, die so eine hohe Stimme hat, sieht kurz enttäuscht aus, dann scheint ihr etwas einzufallen. »Dann würde ich gerne einen kaufen! Was macht das?« »Drei Euro das Stück!« Georgina grinst uns an. »Okay, dann bitte so einen Braunen mit Borte!«

Paula holt noch mehr Gläser aus dem Schrank und gießt den *Bauch, Beine, Po*-Leuten Sekt ein. Keine Ahnung, ob es daran liegt oder wirklich an unseren Cupcakes, die Dinger gehen jedenfalls weg wie verrückt. Ich stehe einfach da und sehe zu, wie die Leute zahlen und essen und lächeln, und freue mich. Langsam verstehe ich, was Georgina an einem eigenen Restaurant so begeistert. Dann klopft mir jemand auf die Schulter. Ich drehe mich um, erwarte Jule oder Paula oder vielleicht sogar Valentin – und stehe Papas Wiebke gegenüber. »Hallo, Pia!« »Hal. Lo.« Ich kann nur silbenweise sprechen, zu mehr fehlt mir die Energie. Dafür redet Wiebke umso mehr. »HätteichjaniegedachtdassichdichtreffewennichzumBauchBeinePogeheeigentlichmachichjaBauchBeinePozumAbnehmenabereureCupcakesdiesindzuleckerwietolldassdueinenKochkursmachstdaswirddenMannisofreuenzuhörenhierhastdumeineVisitenkartedaistmeineHandynummerdraufwenndumalLusthastwastrinkenzugehen –«

Jemand klatscht in die Hände. »So, meine Lieben, wir gehen mal zurück in die Turnhalle! Haben ja allerhand abzuarbeiten! Noch mal vielen Dank an die Damen vom Kochkurs für diese wunderbare Verköstigung!« Alle klatschen, und Georgina verbeugt sich tatsächlich. Die anderen ziehen es vor, ganz einfach knallrot zu werden. Und ich bin noch in der Wiebke-Starre.

Das Video schneide ich noch am gleichen Abend, so gutes Material kann ich nicht liegen lassen. Und außerdem warten *Vale* und die anderen auf die neue Folge. Dieses Mal notiere ich mir gleich beim ersten Anschauen, welche Szenen hintereinanderpassen würden und was für Musik gut dazu käme. An den Anfang des Videos setze ich einen Zusammenschnitt der Höhepunkte, so als Spoiler: Fünf Mal Georgina, wie sie in unterschiedlichen Tonlagen »Neiiin!« kreischt, zwei Mal dicken Rauch, das »Hallo« der blonden Frau und unsere erschrockenen Gesichter. Die Spannung steigt.

Hoffentlich.

Dann schneide ich den Hauptfilm zusammen. Ich bin Georgina wirklich dankbar für ihre schrillen Schreie, die sind richtig gutes Material: Georgina: »Neiiiin«, Umschnitt auf die schälende Paula, Zoom auf das Corpus Delicti: geschälter Sellerie! Dramatische Musik. Dann das nächste »Neiiiin«, Umschnitt auf Jule, Zoom auf die falsch gewürfelten Karotten. Noch dramatischere Musik. Es kommt ein »Hallo« von der Tür – Georgina schreit »Neiiiiin« – Umschnitt auf die blonde *Bauch-Beine-Po*-Frau. Hm, Georgina kommt in meinem Film ganz schön hysterisch rüber. Egal. Dafür setze ich an den Schluss ein rosarotes Cupcake-Happy End. Dieses Mal muss ich den Film in zwei Teilen hochladen, weil er so lang ist.

Bin gespannt, ob er **Vale** gefällt.

AM DONNERSTAG um halb vier wünsche ich mir sehr, ich hätte das gelbe Kleid gekauft. Seit ich um zwei aus der Schule gekommen bin, wühle ich in meinem Kleiderschrank und hole immer neue Klamotten heraus, in denen ich vollkommen scheiße aussehe. Ich glaube, bei mir ist einfach nichts zu machen. Mit meinen glatten dunkelblonden Haaren sehe ich immer aus wie 'ne Pastorentochter, egal, was ich anziehe. Vielleicht sollte ich gleich wie Anke wieder in der Kinderabteilung einkaufen. Ich werde eh nie älter aussehen als vierzehn. Kein Wunder, dass Valentin mich nicht mal mit dem Arsch anschaut.

Ich trage meine enge blaue Jeans und den roten Pullover, als ich um vier auf den Klingelknopf drücke, auf dem **Wellner** steht. Nicht dass ich mich in den Klamotten am besten fühlen würde oder so. Die Sachen hatte ich nur gerade an, als ich unbedingt zum Bus losmusste. Jetzt versuche ich, möglichst flach zu atmen, weil die Jeans so auf den Bauch drückt. Hoffentlich hyperventiliere ich nicht in Valentins Wohnzimmer. Wenn ich nicht gleich hier vor der Tür in Ohnmacht falle. »Hallo, du musst Pia sein!« Eine kleine, runde, vielleicht fünfzigjährige Frau mit dunklen Locken macht mir die Tür auf. »Ich bin Valentins Mutti.« Mutti? Zum Glück bin ich einer Ohnmacht so nah, dass ich nicht in Gefahr gerate, zu lachen. »Komm rein, Valentin ist in seinem Zimmer.« Während ich der Frau hinterherlaufe, versuche ich zu verdauen, dass Valentin eine MUTTI hat, die für ihn den Portier spielt. Der nächste Schock erwartet mich in Valentins Zimmer: Das ist eins von diesen Jugendzimmern, die aussehen wie aus einem Stück gefakter Birke geschnitzt. Am Schreibtisch sitzt Valentin und telefoniert. Er schaut nicht auf. »Valentin, deine neue Nachhilfeschülerin ist da«, sagt Valentins Mutti. Valentin sieht kurz zu uns hoch, sagt »Muss jetzt leider auflegen, sie ist da« in sein Telefon, legt das Telefon weg, zeigt auf den Stuhl vor seinem Schreibtisch und sagt »Bitte«. Ich komme mir vor wie in einer Behörde. »Ich hol euch was zu trinken!« Mutti verschwindet und ist einen Moment später mit zwei Gläsern Orangensaft wieder da. Sie scheint doch nicht Valentins Portier zu sein, sondern seine Sekretärin. »Dann zeig mal deine Unterlagen«, sagt Valentin, als seine Mutter draußen ist. Ich hole meine Mathesachen aus der Tasche und lege sie vor Valentin auf den Schreibtisch. Während er darin blättert, sehe ich mich unauffällig in seinem Zimmer um. In der Schrankwand gibt es ein Vitrinenfach, in dem mehrere Modellautos stehen. An der Wand hängt ein Poster von Sebastian Vettel. Gerade als ich mir Valentins Bett genauer ansehen will, sagt er: »Schau das mal an!« Ich schrecke auf. Valentin zeigt auf eine Gleichung, die er in mein Heft geschrieben hat. »Wie würdest du jetzt vorgehen?« Er tippt mit seinem Bleistift auf das Papier. Ich sehe die Gleichung an und erkenne nichts.

Das ist aber auch echt zu viel verlangt: Ich sitze alleine Valentin gegenüber, in seinem eigenen Zimmer, und soll **rechnen!** »Kannst du versuchen, dich zu konzentrieren?« Ich nicke. Und starre weiter auf das Papier, ohne wirklich was zu sehen. Valentin seufzt. »Ich glaube, bei dir muss ich ganz von vorne anfangen.« Ich seufze auch. »Sieht so aus.« Valentin lacht. Er lacht tatsächlich mich an! Oder **aus**, das ist mir vollkommen egal. Ich könnte ihn direkt küssen und umarmen. Aber Valentin redet schon weiter. »Was ist denn deiner Meinung nach überhaupt eine Gleichung? Wozu braucht man Gleichungen?« Ich schaue auf das Papier und spüre, wie ich rot werde. Verdammt, warum bin ich nur so dumm? »Also«, Valentin seufzt noch mal, »warum steht da denn ein Gleichheitszeichen in der Mitte?« »Weil beide Seiten gleich sind?« »Ja! Genau!« Valentin strahlt mich an, als hätte ich gerade die Quantenphysik erfunden. Die Sache fängt an, mir Spaß zu machen. »Eine Gleichung ist also eine Aussage über die Gleichheit zweier Terme. Und diese Aussage kann wahr oder falsch sein, kapiert?« Ich nicke. »Gut. Was ist die einfachste wahre Gleichung, die dir einfällt?« Sag: Pia und Valentin = die große Liebe, schmachten die Schmetterlinge. Ich kann mich gerade noch beherrschen.

Als Valentins Handy piept, sind für mich gefühlte fünf Minuten vergangen. »Die Stunde ist vorbei«, sagt Valentin und schlägt mein Mathebuch zu. Ohhhhhhhh, rufen die Schmetterlinge enttäuscht. »Das macht dann fünfzehn Euro.« Ich gebe ihm das Geld, das er sofort in einer Schreibtischschublade verschwinden lässt. Dann holt er einen Quittungsblock heraus, trägt etwas ein, reißt das Blatt ab und gibt mir den Durchschlag. »Für deine Unterlagen.« Wie auf Bestellung steht plötzlich seine Mutter im Zimmer. »Ich bring dich raus, Pia.« »Bis nächste Woche«, sagt Valentin, und dann, als ich schon fast auf dem Flur stehe: »Grüß Georgina von mir!«

Grüß Georgina von mir, dröhnt es in meinem Kopf, als ich an der Bushaltestelle stehe, grüß Georgina von mir. Der kann seine Georgina gefälligst selber grüßen! Oder seine Mutti schicken! Ich bin doch nicht sein Grußbote! Ich versuche, wütend auf Valentin zu sein, aber in Wirklichkeit fühle ich mich einfach nur traurig. Diese Stunde voller wunderbarer Valentin-Aufmerksamkeit ist komplett zerstört durch seinen letzten Satz. Grüß Georgina von mir. »Hallo.« Jemand tippt mich von hinten an. Ich drehe mich um. Da steht Hannes. »Grüß Georgina von mir.« »Was?« Hannes sieht mich verständnislos an. »Äh, vergiss es. Ist nur so 'n Ohrwurm, den ich gerade habe.« Hannes lacht. »Echt, gibt's dazu auch 'ne Melodie?« Er trällert tatsächlich gleich los: »**Grüß Georgina von mir, grüß Georgina von mir, und vergiss nicht: Grüß meine Georgina von mir!**« Wie Hannes dasteht, in seiner abgewetzten Lederjacke, mit einer Gitarrentasche auf dem Rücken, und diese üble Schlagermelodie singt, ist einfach großartig. »Könnte ein Hit werden.« Hannes nickt ernst. »Ich ruf gleich mal bei der GEMA an und lass die Melodie patentieren. Die Rechte am Text hältst natürlich du.« »Danke, aber der Text kommt von Va–, äh, den hat sich jemand anders ausgedacht.« Mit diesem Satz kommt a) die

ganze Valentin-Misere zurück in mein Bewusstsein und b)
mein Bus. »Bis morgen!« Ich winke Hannes noch kurz zu.

Mit Hannes' Melodie ist »Grüß Georgina von mir« ein noch
üblerer Ohrwurm als vorher. Selbst als ich abends im Bett
liege, kriege ich die Zeile nicht aus dem Kopf. Schlafen kann
ich sowieso nicht. Wenn ich nicht gerade jede Sekunde der
Nachhilfestunde mit Valentin vor meinem inneren Auge
ablaufen lasse, stelle ich mir Georgina und Valentin in Valentins schmalem Bett vor. Grüß Georgina von mir, singt
es dazu in meinem Kopf.

Dann kommt mir ein wundervoller Gedanke: Wenn
Valentin und Georgina zusammen wären, müsste er
sie nicht von mir grüßen lassen.

Plötzlich bin ich hellwach. Ich schalte das Licht ein,
hole mein Matheheft raus und schlage es auf. Da sind die
Gleichungen, die Valentin eingetragen hat. Er hat höchstpersönlich in mein Heft geschrieben … Ich schaue mir eine
Gleichung an und höre Valentin dabei sagen: »Eine Gleichung ist eine Aussage über die Gleichheit zweier Terme.
Und diese Aussage kann wahr oder falsch sein.«

Und dann – so peinlich mir das ist – kapiere ich zum
ersten Mal, warum zwischen Gleichungen immer ein
Gleichheitszeichen steht.

Die Schmetterlinge applaudieren müde.

Am Morgen werde ich von einer SMS geweckt, bevor der
Wecker auch nur Piep sagen kann. Georgina. Komme heute
nicht zur Schule ☺ Bis heute Abend um sieben in

der Barbarossastraße 5! LG Georgina. Das ist eine von Georginas berühmten Massen-SMS, mit denen sie uns zu jeder Tages- und Nachtzeit terrorisiert.

Weil ich so früh wach bin und noch Zeit habe, schaue ich kurz bei *YouTube* rein. Das Cupcake-Video hat jede Menge neue Klicks. Ist aber auch grandios, wie erschrocken wir alle schauen, als die VHS-Frau in der Tür steht. Einen besonders begeisterten Kommentar schreibt wieder dieser Vale:

Mehr, mehr, mehr, ich kann nicht genug davon kriegen!

Aber gerne doch.

An der Bushaltestelle steht Anke. Ich stelle mich neben sie. Leider lässt der Bus sich Zeit. »Der Bus lässt sich heute Zeit«, sage ich, als ich das Schweigen nicht mehr aushalten kann. Ich höre, wie Anke aufatmet. »Und wie war's mit Valeska im Krankenhaus?« Ich denke nach. »Seltsam.« Anke nickt. Das ist das Schöne mit Anke: Man muss ihr nicht immer alles erklären. »Georgina spinnt«, sage ich, als wir in den Bus einsteigen. Anke seufzt. »Sie ist halt sauer wegen des Dinner Clubs.« »Und wenn du doch mitmachst?« Anke schüttelt den Kopf. »Jetzt ganz bestimmt nicht mehr.«

Ankes Laune ändert sich schlagartig, als Albert an uns vorbeiläuft und etwas murmelt, das entfernt nach »Morgen« klingt. Anke strahlt. »Wow! Hast du gehört? Er hat mich **gegrüßt!**« Na ja, ob man das ›grüßen‹ nennen kann … Aber ich will Ankes gute Laune nicht gefährden. »Dann kannst du ihn ja jetzt vielleicht auch mal grüßen. Das wäre doch mal ein Anfang.« »Meinst du?« Anke sieht mich mit einem ängstlich-hoffnungsvollen Gesicht an. »Ja, meine ich.« Auf dem Weg zur Klasse grüble ich mal wieder darüber, warum Anke so verliebt in Albert ist. Er ist nach Hannes und mir der Nächstschlechteste in Mathe. Und in allen anderen Fächern – außer Sport – ist Albert sogar der Allerschlechteste. »Macht nichts, ich bin intelligent genug für uns beide!«, sagt Anke, wenn man sie mit Alberts Unterbelichtetheit konfrontiert. Das einzig Positive, das man über Albert sagen kann, ist, dass er wirklich gut aussieht. Er hat hellblonde Haare, unglaublich blaue Augen und ziemlich süße Grübchen. Anke hat sich ewig eingeredet, Albert wäre nach Albert Einstein benannt, bis seine Schwester ihr mal erzählt hat, dass ihre Mutter den Namen aus der *Gala* hat und Albert nach Albert von Monaco so benannt wurde. Aber auch das hält Anke nicht davon ab – ZU ALBERT ZU GEHEN, IHM DIE HAND ZU GEBEN UND »EINEN SCHÖNEN GUTEN MORGEN WÜNSCH ICH DIR, ALBERT« ZU SAGEN???

Hat sie das gerade echt gemacht? Dem Lachen der Klasse nach zu urteilen, ja. Albert sieht vollkommen überfordert aus. Anke setzt sich mit hochrotem Kopf auf ihren Platz. »Was war DAS denn?«, flüstert Jule. »Pia meinte, ich soll ihn mal grüßen.« Anke zuckt mit den Schultern. Jule sieht mich vorwurfsvoll an. Soll ich jetzt auch noch schuld daran sein, dass Anke sich unter GRÜSSEN eine Begrüßung wie bei einem Staatsbesuch vorstellt? »Ich meinte einfach im

Vorbeigehen oder so!«, zische ich Jule an. »Ruhe jetzt, Pia!«
Toll, jetzt hackt Herr Freege auch noch auf mir rum.

Weil Georgina nicht da ist oder weil sie ihre Gruß-Heldentat unbedingt besprechen muss oder warum auch immer: Anke setzt sich in der nächsten Pause endlich wieder zu uns. Ich kann richtig spüren, wie glücklich uns das macht und wie wir versuchen, das nicht zu zeigen, damit alles möglichst normal wirkt und als wäre nichts gewesen. »Also, seine Hand fühlt sich sehr gut an«, sagt Anke und strahlt. »Na, dann hat sich die Aktion ja gelohnt.« Jule lacht und schüttelt den Kopf. »Ich kann immer noch nicht fassen, wie du das gebracht hast. Total trocken: ›Einen schönen guten Morgen wünsch ich dir, Albert!‹« Sie schüttelt Ankes Hand in einer perfekten Imitation von Ankes Geste vorhin. Während wir noch darüber lachen, kommt Hannes an, singt **»Grüß Georgina von mir«** und haut wieder ab. Jule schaut ihm hinterher und schüttelt den Kopf. »Schon wieder einer, der in Georgina verknallt ist. Aber dass er gleich singen muss, finde ich echt übertrieben. Na ja, wenigstens grölt er nicht so schief wie die anderen Jungs!« Ich sehe zu, wie Hannes zwischen den Leuten verschwindet, die in der Pausenhalle herumstehen. Jule hat recht. Hannes hat wirklich eine schöne Stimme. »Seht ihr Georgina am Wochenende?«, fragt Anke. Auf einen Schlag ist die komische Stimmung der letzten Tage wieder da. Wir schweigen und sehen Anke nicht an, bis Jule sagt: »Wir probieren heute ein Guerilla-Restaurant aus. Um sieben in der Barbarossastraße fünf.« »So genau wollte ich's gar nicht wissen.« Anke steht auf.

Beim Einkaufen mit Mama am Nachmittag versuche ich, möglichst viele von den Zutaten, die wir für unseren Dinner Club morgen brauchen, in den Einkaufswagen zu schmuggeln. Aber wegen ihrer exakten Listenführung merkt Mama das natürlich sofort. »Risotto-Reis? Was sollen wir denn damit?« Wahrscheinlich stört Mama vor allem, dass der Risotto-Reis weder tiefgefroren noch in einer Dose ist. »Damit macht man Risotto«, erkläre ich Mama. »ACH SO, mit Risotto-Reis macht man Risotto! Alles klar!« Ich hasse es, wenn Mama ihre sarkastische Art draufhat. Sicher ist Papa deswegen zu Wiebke geflohen. »Also weiter –« Mama bricht mitten im Satz ab. Vor uns steht Papa. Echt und in Farbe. Als hätte ich ihn durch meine Gedanken hergezaubert. Mama und Papa stehen einfach da und starren sich an. Nach einer Ewigkeit sagt Papa »Hallo«. Ich sehe, wie viel Energie es Mama kostet, den Mund zu öffnen, um auch ein »Ha« herauszubringen. Zu mehr kommt es nicht, denn in diesem Moment stürmt Wiebke um die Ecke. »Manni, ich hab die Bio-Brühwürfel gefunden!« Wiebke bleibt wie angewurzelt stehen, als sie die Situation erkennt. Aber es ist zu spät. Was ich mir jetzt wünsche, ist eine von diesen Supermarktdurchsagen, aber nicht DIE DREIZEHN BITTE KASSE ACHT, sondern DIESER SUPERMARKT WIRD EVAKUIERT. BITTE BEGEBEN SIE SICH ZU DEN AUSGÄNGEN oder, noch besser, HERR PFIZER, BITTE KÜSSEN SIE IHRE EXFRAU. SOFORT. Aber statt einer Durchsage ist Wiebkes schrille Stimme zu hören. »PIIIIA! Wie schön, dich wiederzusehen!« Ich mache einen Schritt zurück. Nicht dass sie auf die Idee kommt, mich zu umarmen. Mama, die eben noch Papa angestarrt hat, wacht auf und schaut verwirrt zwischen mir und Wiebke hin und her. »Pia war doch bei uns zum Kochen, das war ganz toll! Und dann haben wir uns zufällig getroffen und ein Glas Sekt zusammen getrunken«, ruft Wiebke. »Aha«, sagt Mama tonlos.

Im Auto versuche ich, Mama alles zu erklären, aber sie hört gar nicht zu. »**Manni**«, ruft sie, »sie nennt ihn **Manni**. Wie tief ist dein Vater eigentlich gesunken?« »Sehr, sehr tief.« Wenn Mama so drauf ist, stimmt man ihr am besten einfach in allem zu. Außerdem bin ich selbst viel zu erschöpft, um irgendwas Intelligentes zu sagen.

Zu Hause mache ich Mama eine heiße Milch und trage den Becher mit einer Tafel Schokolade zusammen zum Sofa. Da liegt Mama und heult. »Warum«, heult sie, »ich versteh einfach nicht, warum, Pia!« Ich nehme Mama in den Arm und wiege sie so hin und her, wie sie das früher bei mir gemacht hat, wenn ich mir was wehgetan habe. »**Was** findet er nur an der Frau, Pia, was denn bloß?« Das Gute ist, dass Mama auf keine dieser Fragen eine Antwort erwartet. Sonst müsste ich ihr sagen, dass ich glaube, dass Papa sich mit Wiebke freier fühlt, dass Wiebke nicht so wirkt, als würde sie für alles Listen machen. Ehrlich gesagt wirkt Papa mit Wiebke irgendwie lebendiger. Diese Erkenntnis macht mich so traurig, dass ich auch anfange zu weinen. »Ach, Pia-Schatz«, sagt Mama und befreit sich aus meiner Umarmung, um mich in den Arm zu nehmen. Dann putzt sie sich die Nase. »Wir lassen uns von deinem Vater nicht den Abend verderben. Was sollen wir Schönes machen? Kino? Oder lieber eine DVD ausleihen? Oder ist irgendwo ein Konzert, auf das du Lust hast?« Scheiße. »Mama«, sage ich, »ich bin schon mit Georgina und den anderen verabredet. Tut mir leid.« Mama setzt sich ruckartig hin. »Ach so. Na klar. Kein Problem.« Sie steht auf. Jetzt heult sie in ihrem Zimmer weiter, das weiß ich ganz genau.

ICH FÜHLE MICH doppelt schlecht, als ich mit Jule in der S-Bahn sitze. Nicht nur, dass ich Mama hintergehe, weil ich in ein illegales Restaurant fahre, ich lasse sie auch noch mit ihrer Traurigkeit alleine. »Na, auch keinen Bock?« Jule interpretiert meinen Gesichtsausdruck falsch, aber ich bin ganz froh darüber.

Die Nummer fünf ist ein graues Hochhaus mit mindestens dreißig Stockwerken. Georgina und Paula stehen schon unten vor der Tür und treten von einem Bein aufs andere. »Mann, mir ist kalt! Wo bleibt ihr denn?« »Wir freuen uns auch, dich zu sehen, Georgina!« Jule lächelt Georgina frostig an.

Der Fahrstuhl ist furchtbar eng und stinkt. »Raubtierhaus«, sagt Jule. Wir nicken, das geht gerade noch so, für größere Bewegungen ist kein Platz. Wenn der Fahrstuhl stecken bleibt, drehe ich durch. »Gleich sind wir da!« Paula klingt eher besorgt als beruhigend und muss wahrscheinlich vor allem sich selbst Mut machen. Aber sie hat recht: Einen Moment später hält der Fahrstuhl mit einem Ruck an. Und einen sehr langen Moment später öffnen sich die Fahrstuhltüren. Wir stürzen alle gleichzeitig raus. Ich atme tief ein, selbst der stickige Mietshausgeruch hier auf dem

Flur ist besser als der Gestank im Fahrstuhl. »Riecht eher nach Bohneneintopf als nach *Haute Cuisine*.« Jule schnuppert betont in der Luft herum. »Auch Bohneneintopf kann *Haute Cuisine* sein«, sagt Georgina, »kommt nur drauf an, wie man ihn zubereitet. Klar?« »Klar, Chef!« Jule schlägt die Hacken zusammen und salutiert. Genau in diesem Moment öffnet sich der Fahrstuhl wieder, und ein Typ mit einem dicken Schal um den Hals kommt heraus. Jule, die immer noch in ihrer Salutier-Position dasteht, wird rot und kratzt sich mit ihrer Salutier-Hand am Kopf. Der Typ sieht uns ziemlich skeptisch an, bis er Georgina entdeckt. Sein Gesichtsausdruck ändert sich schlagartig von Was sind das für komische Kinder zu Oh, hallo, schöne Frau! »Oh, hallo!«, sagt er tatsächlich. Das ›schöne Frau‹ bringt er durch ausgiebiges Rotwerden zum Ausdruck. Er kann locker mit Jule mithalten. Georgina lächelt. »Willst du auch zum scheuen Chef?« Der Typ nickt, dann reicht er Georgina die Hand. »Tom.« Georgina nimmt huldvoll seine Hand und haucht »Georgina«. Paula räuspert sich. Tatsächlich erinnert sich Georgina an unsere Anwesenheit. »Und das«, sagt sie, »sind Jule, Paula und Pia!« »Ah, hallo.« Unglaublich, wie unterschiedlich so ein HALLO klingen kann. Während ich mich frage, ob zu mir jemals jemand so HALLO sagen wird, bekomme ich direkt die nächste Hallo-Variante serviert: ein zischendes Flüstern. »Hallo! Was steht ihr denn hier draußen rum?« Eine der Wohnungstüren auf dem Flur ist aufgegangen. »Kommt rein, verdammt!« Bevor man sehen kann, wer das gesagt hat, ist die Tür schon wieder bis auf einen Spalt zu. Jule wirft mir einen skeptischen

Blick zu. Vielleicht gehen wir besser wieder? Aber Georgina schreitet schon mit ihrem neuesten Groupie im Schlepptau zur Tür. Wir schlurfen hinterher.

Die Tür führt über einen schmalen Flur in ein Zimmer, in dem mehrere Tische zu einer langen Tafel zusammengeschoben sind. Daran sitzen schon einige Leute, die sich zu uns umdrehen und uns ziemlich neugierig mustern. »Hallo!« Jule winkt ihnen zu, woraufhin die Leute sich wieder wegdrehen. »Dann halt nicht.« Jule zuckt mit den Schultern. Aus einer Tür am anderen Ende des Zimmers kommt ein kleiner, dicker Mann und geht auf uns zu. Er hat eine karierte Schürze umgebunden. »Was«, sagt er, »habt ihr euch eigentlich dabei gedacht? Schreit doch gleich das ganze Treppenhaus zusammen, klingelt doch gleich überall und sagt, dass hier ein illegales Restaurant ist!« Sein Kopf, auf dem nur noch wenige Haare sind, ist knallrot. Schweißperlen laufen daran herunter. »Was meint ihr, wozu die ganzen Sicherheitsmaßnahmen da sind? Um euch zu amüsieren? Hä?« »Also, wir …«, Paula schaut auf ihre Schuhe, »das tut uns leid, wirklich.« Ich muss fast lachen. Paula hat doch auf dem Flur kein Wort gesagt. »Und wenn ihr einen Hausbewohner aufgescheucht hättet? Hä?« Der Mann kriegt sich gar nicht mehr ein. Die Leute am Tisch haben sich wieder zu uns umgedreht und beobachten uns interessiert. »Dann hätten wir gesagt, dass wir Freunde von Brigitte sind.« Georgina lächelt den Mann an. »Gut, gut. Immerhin das. Immerhin **daran** erinnert ihr euch.« Der Mann wird etwas ruhiger. Dann fährt er plötzlich herum und schreit die Leute am Tisch an.

»Und ihr hört auf zu starren!« Die Leute zucken zusammen und drehen sich schnell zurück. »Setzen!« Der Mann zeigt auf die freien Plätze am Ende des Tisches, dann stürmt er aus dem Zimmer und schlägt die Tür hinter sich zu.

»Also, scheu finde ich den jetzt nicht direkt«, sagt Jule, als wir an unserem Ende der Tafel sitzen. »Vielleicht sollte er sich besser der hysterische Chef nennen oder so.« Paula lacht. »Der scheue Chef«, sagt ein Mann mit Schnurrbart vom anderen Ende der Tafel, »ist eine Legende.« Die anderen Leute nicken stumm. »Ach so, alles klar, in dem Fall darf er mich natürlich anschreien!« Jule nickt dem Mann freundlich zu. Paula lacht noch mehr. Ich stoße Georgina an. »Schreien wir unsere Gäste dann auch so an?« Keine Reaktion. »Georgina?« Oje. Georgina hat sich im Blick von dem Schal-Typen verhakt. Die beiden sind in ihrem eigenen zweisamen Schmacht-Universum versunken und nicht mehr ansprechbar. Jule und ich schauen uns an und verdrehen die Augen.

Georgina kommt erst wieder zu sich, als der erste Gang serviert wird. Oder besser gesagt: als der erste Gang vor uns auf den Tisch geknallt wird. Der scheue Chef serviert selbst. »Warmer Rote-Bete-Salat auf Ziegenkäse mit Gemüseflakes!«, schreit er, als alle einen Teller vor sich stehen haben, dann schlägt er die Tür hinter sich zu und ist verschwunden. Die Leute am anderen Ende der Tafel schauen andächtig auf ihre Teller, bis jemand »Guten Appetit« sagt. Der Schal-Typ holt eine Flasche Wein aus seinem Rucksack und gießt sich und Georgina ein. Jule räuspert sich. Der Typ hält die Flasche unentschlossen in der Hand. »Wie alt sind deine Freundinnen denn?« »Achtzehn.« Georgina nimmt ihm die Flasche aus der Hand und gießt Jule, Paula und mir ein. »Zum Wohl!« Jule hebt ihr Glas und sieht dabei so aus, als wollte sie den Typen am liebsten mal ordentlich unterm Tisch treten. Und nicht unbedingt ans Bein. Als wir getrunken haben, wenden wir uns unseren Tellern zu. Ich hole mir als Erstes den Ziegenkäse unter der Roten Bete hervor. Rote Bete ist so gar nicht mein Ding, das Zeug ist so schwabbelig und schmeckt nach Erde, und warm kann ich mir das erst recht nicht vorstellen. »Pia!« Georgina stößt mich an. »Nicht rumstochern!« Ich will Georgina gerade mitteilen, wo ich ihr gleich rumstochern werde, da schreit Paula plötzlich »Wow! Wahnsinn!«. Ich schaue mich um, ob der scheue Chef wieder angreift, aber Paula kaut ganz einfach nur. »Das ist das Allerbeste, was ich je gegessen habe!« Sie kriegt sich gar nicht mehr ein. »Das schmeckt komplett anders als alles, was ich kenne, wirklich alles!« Am anderen Ende der Tafel wirft der Mann mit dem Schnurrbart der Frau ihm gegenüber einen abgeklärten *Die-sind-wohl-zum-ersten-Mal-hier*-Blick zu. Georgina kaut. »Interessant und wirklich gut.« Der Schal-Typ schaut sie an, als hätte sie gerade die Brühe erfunden, und nickt. Ich will Jule einen genervten Blick zuwerfen, aber die kaut auch und hat den gleichen verzückten Ausdruck im Gesicht wie Paula. Okay, dann probiere ich auch mal. Ich nehme von allem was auf die Gabel und drücke mich noch nicht mal vor der Roten Bete. Und kann es gar nicht fassen. Das ist wirklich ein unglaublicher Geschmack, mit gar nichts zu verglei-

chen, irgendwie, als würde man auf einmal eine neue Ge-
schmacksdimension entdecken. Ich tauche in eine Rote-
Bete-Ziegenkäse-Welt ab und habe vermutlich den gleichen
entrückten Blick drauf wie die anderen.

Als es an der Tür klingelt, schrecke ich auf. Auch die anderen am Tisch sehen sich um, als wären sie gerade aus einem
Traum aufgewacht. Es klingelt noch mal, dann wird laut
geklopft. »Aufmachen!«, ruft jemand von draußen. Der
scheue Chef kommt aus der Küche geschossen. Er ist nicht
mehr rot, sondern leichenblass. »Freunde von Brigitte«,
zischt er uns zu, bevor er die Tür öffnet. »Herr Scheukowski! Es reicht!« Ich versuche, am scheuen Chef vorbei zu
erkennen, wer an der Tür steht, sehe aber nur ein graues
Hosenbein und einen Filzhut. »Wir haben ein paar Freunde
zu Besuch, wenn wir Sie gestört haben, tut es uns leid!«,
stammelt der scheue Chef. »Wir führen ein Lärm- und
Geruchsprotokoll! Bald sind Sie fällig!« »Aber nicht doch,
kommen Sie doch rein, kommen Sie doch …« Die Stimme
des scheuen Chefs verstummt. Man hört eine Tür knallen.
Offenbar ist der Nachbar abgedampft. Der scheue Chef
macht leise die Wohnungstür zu und stürmt zu uns an den
Tisch. »Alle gehen, alle raus, sofort!« Von seiner servilen Art
von gerade ist nichts übrig. »Ich zähle bis drei: Drei!« Alle
stehen hastig auf, zwei Leute werfen ihre Stühle um. »Raus!«,
brüllt der scheue Chef darauf noch lauter. »Alle raus!«

Erst als wir unten vor dem Haus stehen, fällt uns auf, dass
wir gar nicht bezahlt haben. »Geschieht ihm recht«, sagt
Jule. »Uns so rauszuschmeißen!« »Er hat halt Angst ge-

kriegt.« Paula hat so einen verständnisvollen Blick drauf, der den scheuen Chef sicher zur Weißglut treiben würde. Georgina steht mit ihrem Schal-Typ abseits und tuschelt. »Georgina!«, ruft Jule. »Wir gehen jetzt zur Bahn!« Georgina schaut kurz auf. »Okay!« Wir gehen los. Georgina bleibt stehen. »Georgina!«, brüllt Jule. Aber Georgina ist schon mit dem Schal-Typ in die andere Richtung unterwegs und winkt uns zu. »Ich geh noch mit Tom was trinken!« »Spinnst du?« Paula geht Georgina hinterher. Wir laufen ihr langsam und unentschlossen nach. Dann hat Paula Georgina erreicht und packt sie an der Jacke. »Du kommst mit uns!« »Paula, geht's noch?« Georgina versucht, Paula ihre Jacke aus der Hand zu ziehen. »Du kennst den doch gar nicht!«, zischt Paula. »Ich bin ganz harmlos, echt!«, sagt der Schal-Typ und lacht. »Paula, bitte!« Georgina zerrt an ihrer Jacke, bis sie es schafft, sie Paula zu entreißen. Paula taumelt ein Stück nach hinten, Jule fängt sie auf. »Jetzt!«, ruft Georgina. Der Schal-Typ und sie rennen los. »Wir müssen hinterher«, schreit Paula, aber Jule hält sie fest. »Das ist Georginas Sache.« Paula windet sich in Jules Griff. »Die weiß nicht, was sie tut, wir müssen auf sie aufpassen!« Ich weiß nicht, ob Jule loslässt oder Paula sich befreit, auf jeden Fall rast Paula einen Moment später hinter Georgina und dem Typen her. Uns bleibt nichts anderes übrig, als ihnen nachzulaufen.

Zum Glück rennen Georgina und der Typ nicht weit. Vor einer Kneipe ein paar Straßen weiter bleiben sie stehen. Als wir Paula einholen, sind sie schon hineingegangen. »Und jetzt?«, fragt Jule, die im Gegensatz zu mir nicht komplett außer Atem ist. »Reinsetzen.« Paula geht zur Tür und ist einen Moment später in der Kneipe verschwunden.

»Das«, sagt Jule, als wir in der Kneipe zu dritt an einem runden Tisch mit bester Aussicht auf Georgina und den Schal-Typen am Nachbartisch sitzen, »ist so ziemlich das Peinlichste, was ich je gemacht habe.« Georgina tut so, als würde sie gar nicht merken, dass wir da sind, und hält Händchen mit diesem Tom. Aber Paula hat recht, wir können Georgina nicht im Stich lassen, nur weil ihre Hormone ihren Verstand umnebeln. Jule bestellt beim Kellner dreimal Berliner Weiße mit Schuss. »Das«, sagt sie, »brauchen wir jetzt.«

Leider macht die Weiße nicht taub. Nach einer Stunde wissen wir alles über den Schal-Typ: dass er in einem In-Lokal kocht, obwohl er kein ausgebildeter Koch ist, sondern BWL studiert. Dass seine Mutter aus Italien kommt. Wir stöhnen auf. Dass ihn Georginas grüne Augen an das Meer erinnern. Jule gähnt. Und dass er für Georgina kochen möchte. Wie originell.

Die nächste Stunde unterhalten die beiden sich über Rezepte. Jule hat den Kopf auf den Tisch gelegt und sieht aus, als würde sie schlafen. Wir müssen alle mit offenen Augen eingenickt sein, denn als ich das nächste Mal zum Nachbartisch schaue, sind Georgina und der Schal-Typ verschwunden. »Aufwachen!« Ich stoße die anderen an. Wir zahlen, so schnell es geht, und stürmen los. In der Tür bleibt Paula plötzlich stehen, sodass wir alle ineinanderrennen. »Was soll das?«, schimpft Jule von hinten. »Pscht.« Paula zeigt stumm nach draußen. Da steht Georgina und küsst den Schal-Typ.

Wir stehen geschlagene zehn Minuten in der Tür und versuchen, gleichzeitig nicht zuzuschauen, wie Georgina mit dem Schal-Typ rummacht, und die beiden dabei nicht aus den Augen zu verlieren. Dann geht der Typ endlich, endlich los. Wir atmen schon auf, da dreht er sich um, drückt Georgina noch mal einen Kuss auf den Mund und geht dann wirklich. Wir kommen endlich von dieser blöden Tür weg und stehen kurz darauf neben Georgina. Die sagt: »Zur Bahn geht's hier lang!«, und läuft los, als wäre nichts gewesen. »Georgina spinnt einfach«, sagt Jule, als wir nebeneinander hinter Georgina herlaufen. »Stimmt«, sage ich und strahle in mich hinein.

ICH LIEBE ES, morgens mit so einem warmen, hellen Gefühl im Magen aufzuwachen und erst mal gar nicht zu wissen, warum. Als ich aus dem Bett springe, fällt es mir ein: Georgina hat sich gestern von Tom, dem Schal-Typen, abschleppen lassen und ist darum ziemlich sicher für Valentin außer Reichweite. Ziemlich sicher? Beim Zähneputzen kommen mir Zweifel. Wieso sollte Georgina nicht mit zwei Typen gleichzeitig was haben? Oder erkennen, dass Valentin doch viel süßer und netter und witziger und klüger ist als ihr Schal-Typ? Andererseits wohnt dieser Tom sicher nicht bei seiner Mutti in einem Jugendzimmer in Birkenfurnier. Noch andererseits finde vielleicht nur ich Birkenfurnier blöd, und Georgina steht sogar ganz besonders auf furnierte Birke, vielleicht macht nichts sie so wild wie Birkenfurnier …, dann hilft nur eins: Ich muss Valentin einfach vor ihr abschleppen. Und dabei hilft mir die Ablenkung durch Tom, den Schal-Typ, ganz bestimmt.

Beim Frühstück sitze ich mit einer Mama am Küchentisch, die ganz offensichtlich die letzte Nacht kaum geschlafen hat. Ihr »Morgen« kann es an Nuscheligkeit locker mit Albert aufnehmen. Vielleicht sollte ich ihr die Hand geben und

Liebe Mama, ich wünsche dir einen wunderschönen
guten Morgen sagen? Mama blinzelt mit halb geschlossenen Augen in ihren Kaffee. Nein, vielleicht besser nicht.
Ich stelle meine Tasse unter die Espressomaschine (die Papa
uns freundlicherweise dagelassen hat – wenn es nach Mama
ginge, würden wir Instantkaffee trinken) und setze mich
dann mit meinem Kaffee an den Tisch. »Spaß gehabt gestern Abend?«, fragt Mama nach einer Weile und starrt weiter in ihren Becher. Ich kann mich gerade noch stoppen,
»Ja, war echt verrückt« zu sagen. »Ging so«, murmele ich
stattdessen. Mama seufzt und fragt nicht weiter. Eigentlich
bin ich ja froh, dass sie das Thema Dinner Club nach dem
Horrortreffen im Supermarkt nicht noch mal angesprochen
hat. Andererseits: Dass es ihr so komplett egal ist, was ich
mache, finde ich auch nicht okay. Aber jetzt geht es erst mal
nicht um mich. Mama muss aufgeheitert werden. Dringend.

»Lass mich raten«, sagt der Typ an der Kasse, als ich in
die Videothek komme und meine Mütze abnehme, »eine
Schnulze gegen Liebeskummer. Stimmt's?« Ich schüttele
den Kopf. Der hält sich für den größten Menschenkenner
unter der Sonne, dabei ist er so einfach gestrickt wie meine
Mütze. »Nein«, sage ich, »ich brauche einen Actionthriller.
Mit viel Blut und Gewalt.« »Oha.« Er sieht mich gleich ganz
anders an, so als wäre ich ihm erst jetzt richtig aufgefallen.
»Da habe ich was für dich.« Er kommt hinter der Theke hervor und geht zu einem Regal. Einen Moment später drückt
er mir eine DVD in die Hand. »Mehr Blut gibt's nicht unter achtzehn.«

Als ich mit dem Film aus dem Laden gehe, ruft er mir noch hinterher: »Und falls du doch Liebeskummer hast …« Leider erfahre ich nicht mehr, was dann ist, weil die Tür hinter mir zufällt.

Als ich mit Mama vor dem Fernseher sitze, muss ich innerlich den Videothek-Nerd loben: Er hat wirklich genau das Richtige ausgesucht. Ich kann zwar keine wirkliche Handlung erkennen, aber es überschlägt sich ein Auto nach dem anderen, Restaurants und Öltanks gehen in Flammen auf, und Bösewichter werden verdroschen. Perfekt für meine traurige Mama. Sie sieht auch schon viel besser aus. Allerdings nur bis zu dem Moment, in dem ich sage: »Ich muss dann mal los.« Mama fragt noch nicht mal, wohin. Sie nickt nur traurig, so als würde sie schon mit gar nichts anderem mehr rechnen, als dass sie von aller Welt verlassen wird.

In der Küche leeren wir alle unsere Taschen. Neben meinen Risotto-Reis legt Paula ein Päckchen Zucker und mehrere Zwiebeln. Jule holt zwei Weißweinflaschen aus ihrer Tasche. Georgina greift sich gleich eine. »Wahnsinn, der ist eigentlich viel zu gut, um ihn ins Risotto zu schütten!« Jule lacht. »Tut mir leid, einen schlechteren hatten meine Eltern nicht im Keller.« Georgina schmachtet noch einen Moment die Weinflasche an, dann packt sie aus, was sie von unserem Cupcake-Erlös eingekauft hat. Paula nimmt die Liste und hakt ab. »Bio-Brühe, Kürbis, Kürbiskerne, Olivenöl, Parmesan, Äpfel, Zimt, Mandelstifte, Honig, Minze, Champignons, Zitronen und Prosecco.« Paula schaut auf. »Prosecco?

Steht hier nicht drauf.« Georgina öffnet die Flasche. »Der ist für uns.« Sie füllt vier Gläser. »Auf *Die Hohe Schule*!« Wir stoßen an. Der Prosecco macht mich ganz kribbelig. Paula leert ihr Glas, stellt es ab und reibt sich die Hände. »Fangen wir an?« Georgina gießt ihr nach. »Einen Moment noch, wir erwarten noch jemanden.« »Valentin?« Die Schmetterlinge kribbeln in meinem Bauch mit dem Prosecco um die Wette. »Nein«, sagt Georgina, »einen Überraschungsgast.« »Überraschungsgast?« Jule wirkt alles andere als entzückt. Meine Schmetterlinge sind ganz ihrer Meinung.

Georginas Handy klingelt. »Das ist er, ich hol ihn rein!«

»Wenn das der Schal-Typ ist«, sagt Jule, als Georgina weg ist, »krieg ich zu viel.«

Einen Moment später ist Georgina wieder da. Hinter ihr betritt der scheue Chef die Küche.

»Nein«, sagt Jule.

»Nein, wie schön, dass Sie hier sind!« Paula geht auf den scheuen Chef zu und gibt ihm die Hand. »Tach auch«, nuschelt der scheue Chef. Er sieht sich in der Küche um. »Aha, aha, soso, hier kocht ihr also.« Den Herd inspiziert er besonders genau. »Bloß vier Flammen, was?« Georgina setzt zu einer Antwort an. »Und das Rohr klein, wirklich sehr klein. Ein ordentliches Stück Wild kriegt ihr da schon nicht mehr unter. Und alles Standard 1970, was? Na ja, muss gehen, wird schon gehen. Bekommen wir schon hin.« »Wir?«, flüstert Jule. Georgina schüttelt den Kopf in Jules Richtung. »Ja, Herr Scheukowski, wir haben Sie ja heute als GAST hier, damit Sie mal einen Eindruck von unserer Kochkunst gewinnen können – «

»Na ob's 'n Gewinn ist, wissen wir noch nicht!« Der scheue Chef klatscht in die Hände. »Aber lasst euch nicht stören, Kinder. Ich gucke zu und bin still.« Er nimmt sich einen Stuhl und setzt sich. »Gut.« Man merkt, dass Georgina Probleme hat, sich zu konzentrieren. »Dann fangen wir an. »Jule und Pia putzen die Cham–«

»STOOOOPP, STOPP, STOPP, STOPP, STOPP, STOPP, STOPP, STOPP!«

Georgina dreht sich zum scheuen Chef um. Der sitzt mit verschränkten Armen auf seinem Stuhl. »Was soll denn überhaupt gekocht werden?« Georgina sieht ihn irritiert an. »Das wissen doch alle.« Der scheue Chef lächelt. »Sicher?« Er zeigt auf Jule. »Was gibt es denn als Nachspeise?« Jule schüttelt den Kopf. »Ich lass mich hier doch nicht abfragen.« »Siehst du?« Der scheue Chef sitzt triumphierend aufrecht auf seinem Stuhl. Georgina seufzt. »Na gut. Also, es gibt …«

»STOOOOPP, STOPP, STOPP, STOPP, STOPP, STOPP, STOPP, STOPP!«

»Was ist denn jetzt schon wieder?«

»Etwas höflicher, junge Dame! Ich rate, die Menüfolge an jene Tafel dort drüben zu schreiben, damit allen klar ist, worum es geht. Verstanden?«

Georginas Gesicht ist inzwischen kaum noch von ihren Haaren zu unterscheiden, so rot ist es. Aber sie geht tatsächlich brav zur Tafel und fängt an zu schreiben.

»Also: Vorspeise: Champignon-Carpaccio.« »Aha«, murmelt der scheue Chef. Georgina dreht sich kurz zu ihm um, dann schreibt sie weiter. »Hauptgericht –« »Haupt**speise** meinst du wohl«, wirft der scheue Chef ein. Georgina schnauft und wischt an der Tafel. »Hauptspeise: *Risotto alla zucca in piena fioritura.*« Zum Glück ist Valentin nicht hier. Bei Georginas Italienisch würde er garantiert dahinschmelzen. Auch der scheue Chef kreischt vor Begeisterung: »Kürbisrisotto in vollster Blüte! Wie **süüüüß**!« Ich könnte ihm eine Pfanne über den Kopf ziehen. Jule wirkt, als hätte sie ähnliche Pläne. Georgina sieht inzwischen aus, als stände sie in Mathe bei Herrn Kröve an der Tafel. Sie räuspert sich mehrmals. »Ähm, Nachspeise: *Mela caramellate al forno.*« Der scheue Chef lacht kurz auf. »Olle Bratäpfel, was? Na ja, na ja. Muss ja auch irgendwer machen.« »Gut.« Georgina atmet hörbar aus. »Dann putzen jetzt Jule und Pia die Cham –«

»STOOOOPP, STOPP, STOPP, STOPP, STOPP, STOPP, STOPP, STOPP!«

Georgina stemmt die Arme in die Hüften.

»Wie sieht's den hier aus?« Der scheue Chef schaut sich im Raum um, als wäre er gerade erst hereingekommen. »Stationenvorbereitung? Fehlanzeige, was?« Er steht auf. »Folgendes: ein Mann an die Vorspeisenstation. Messer, Bürste, Schüssel und Schneidebrett bereitlegen. Das Gleiche für die Nachspeisenstation. Der dritte Mann springt zwischen den Stationen, reicht an und bügelt aus. An die Hauptspeisenstation gehen meine Wenigkeit und Fräulein Rotfuchs hier. Alles klar?«

Keiner rührt sich.

»Ich hatte gesagt, zwei Mann –«

»Hier sind keine Männer.«

Das war Jule.

»Jule, bitte!«

Georgina sieht völlig fertig aus. Das scheint auch Jule aufzufallen. Sie seufzt hörbar. »Na gut. Weil du's bist, Georgina.«

Ich lege mir Messer, Bürste, Schüssel und Schneidebrett zurecht und hole dann die Äpfel. Dabei dürfte ja eigentlich nichts schiefgehen.

Eigentlich.

Wenn wir am Mittwoch noch dachten, Georgina wäre eine anstrengende Kochlehrerin, wissen wir es jetzt besser.

Georgina war höflich. Geduldig. Zuvorkommend.

Jedenfalls im Vergleich zum scheuen Chef.

Natürlich stelle ich mich beim Entfernen des Kerngehäuses total ungeschickt an, und natürlich lasse ich beinahe den Honig im Topf verbrennen. Natürlich muss mir all dies BRÜLLENDERWEISE mitgeteilt werden. Jule und Paula geht es nicht besser. Jule schneidet die Champignons nicht dünn genug, und Paula läuft aufgehetzt von immer neuen Befehlen des scheuen Chefs zwischen den Stationen hin und her. Aber am schlimmsten dran ist Georgina. Denn während der scheue Chef uns immer nur mal kurz zwischendurch zur Sau macht, schreit er Georgina an ihrer Station durchgängig an. »Der Tellerrand«, brüllt er, »gehört dem Gast! Verstanden?« Georgina nickt. »Und warum«, der scheue Chef hebt anklagend den Teller in die Höhe, den Georgina gerade angerichtet hat, »ist dieser Rand dann voll mit Risotto?« Georgina schweigt. Der scheue Chef seufzt und knallt den Teller vor Georgina auf die Arbeitsfläche. »Küchenkrepp nehmen, sauber machen!« Georginas Kiefer

zucken. Dann nimmt sie den Teller und wischt den Rand
sauber.

Nach zwei Stunden sind wir alle schweißgebadet, knallrot
und den Tränen nahe. Und haben ein Dreigängemenü vor
uns auf dem Tisch stehen. Georgina zündet noch ein paar
Kerzen an und schaltet das Deckenlicht aus, dann stoßen
wir an. »Auf euch«, sagt der scheue Chef, »für komplette
Dilettanten war das gar nicht schlecht.« Ich bilde mir ein,
Jules Zähne knirschen zu hören.

Aber als ich das Champignon-Carpaccio probiere, schal-
ten alle meine anderen Sinne ab. Ich schmecke nur noch.
Es ist kaum zu fassen, dass wir das gekocht haben, wir ganz
allein! Na ja, fast ganz allein. Das Risotto schmeckt noch
besser als bei Papa. Auch wenn ich das ungern zugebe. Aber
der Nachtisch ist das Beste. Nicht nur, weil ich den zubereitet habe. Der Apfel ist genau richtig weich und ein bisschen
säuerlich, was mit der Süße der Karamellschicht einfach
köstlich kommt. Ich werfe einen Blick auf die anderen. Sie
essen ganz langsam und sehen dabei richtig andächtig aus.
Ich hebe mein Glas. »Auf *Die Hohe Schule*!« Jule, Paula und
Georgina prosten mir zu. »Auf *Die Hohe Schule*!«

»Gratuliert euch mal nicht zu doll!«

Den scheuen Chef hatte ich irgendwie verdrängt.

Jule steht auf. »Es reicht. Du verpisst dich hier jetzt. Sofort.«

Der scheue Chef sieht Jule überrascht an. Jule geht
ein paar Schritte auf ihn zu. »Los, hau ab!« Sie packt den
scheuen Chef am Kragen. Der scheue Chef windet sich aus

ihrem Griff und steht auf. Mir fällt jetzt erst auf, dass er fast einen Kopf kleiner ist als Jule. Für einen Moment sieht es so aus, als wollte er Jule etwas entgegnen. »Und?«, sagt Jule sehr laut. Der scheue Chef schüttelt den Kopf und geht sehr schnell zur Tür. »Ja, richtig so, hau ab!«, brüllt Jule ihm hinterher. An der Tür dreht der scheue Chef sich noch mal zu uns um. »Dilettanten.« »Oho, der bescheuerte Chef hat gesprochen!« Jule lacht. Der scheue Chef wirft ihr einen bitterbösen Blick zu, dann ist er verschwunden.

»Spinnst du?« Georgina brüllt fast so laut wie Jule vorher. »Du kannst doch nicht so mit dem umgehen, der ist total wichtig in der Guerilla-Restaurant-Szene!« »Aber er darf so mit **uns** umgehen, oder was?« Jule leert ihr Glas auf ex. »Was soll das überhaupt, den einzuladen, ohne uns was zu sagen?« »Das sollte 'ne Überraschung für euch sein.« »**Überraaaaschung**«, kreischt Jule, »danke, Georgina, das war soooo lieb von dir!« Ich bin mir bei dem dämmrigen Kerzenlicht nicht ganz sicher, aber es kommt mir vor, als hätte Georgina Tränen in den Augen. »Ich habe D E N Guerilla-Küchenchef dazu überredet, in *Die Hohe Schule* zu kommen, und das ist der Dank dafür.« »Mann, Georgina,« Jule knallt ihr Glas auf den Tisch, »kapier doch endlich mal, dass das hier ganz allein dein Traum ist. Wir machen nur mit, weil du uns zwingst!« »Ich nicht«, sagt Paula sehr leise. Jule lacht trocken auf.

Es dauert Stunden, die Küche sauber zu kriegen. Besonders der Topf, in dem ich die Äpfel karamellisiert habe, leistet großen Widerstand. »Mädels«, sagt Georgina irgendwann,

»es reicht. Sauberer kriegen wir's nicht. Und wir müssen ins Bett.« Wir nicken müde. Und schleppen uns nach Hause.

Diesmal ist es irgendwie traurig, das Video anzuschauen. Ich kann noch nicht mal wirklich über den scheuen Chef lachen. Ich schneide das Ganze so zusammen, dass besonders deutlich wird, was für ein Arschloch er ist.

Viel muss ich dafür nicht tun.

Kurz bevor ich einschlafe, piept mein Handy. Ich taste im Dunkeln danach und bekomme es schließlich zu fassen. Keine Ahnung, was Georgina mir so spät noch mitteilen muss. Ich kriege die Augen gerade so weit auf, dass ich das Display erkennen kann. Um nachts auf mein Handy zu schauen, müsste ich mir eigentlich eine Sonnenbrille aufsetzen. Schließlich gewöhnen sich meine Pupillen einigermaßen an das helle Licht des Displays, und ich kann etwas lesen. **Valentin,** steht da. Valentin! Ich bin fast zu aufgeregt, um die SMS zu öffnen. Einen Moment genieße ich einfach den Gedanken, dass Valentin höchstpersönlich mir eine SMS schreibt, dann mache ich sie auf.

Liebe Pia, steht da – liebe Pia! –, **ich habe den Eindruck, dass wir zur Verbesserung deiner Leistung zwei Mal die Woche Nachhilfe machen sollten. Hast du morgen Abend Zeit? Viele Grüße, Valentin**

Oh. Mein. Gott. Er will, dass ich zu ihm komme. Abends! Also habe ich den Blick beim Kochen am Mittwoch doch nicht falsch interpretiert! Okay. Ganz ruhig. Ich antworte erst morgen früh. Nicht dass er denkt, ich würde hier liegen und auf Nachrichten von ihm warten. Andererseits nimmt er sich vielleicht in der Zwischenzeit schon was anderes vor, wenn ich erst morgen antworte. Ach, scheiß drauf, ich schreib ihm gleich jetzt:

Ja, gerne! Wann soll ich da sein? Zwei Minuten später habe ich die Antwort:

Halb 6. Freu mich, Valentin.

Seufz.

Mit meinem Handy in der Hand schlafe ich ein.

AM SONNTAGVORMITTAG habe ich gar keine Probleme damit, Mama aufzuheitern. Wir machen uns über Wiebke lustig und schauen uns den Actionstreifen noch mal an. Mama kann inzwischen schon mitsprechen, was bei den paar Dialogen aber auch nicht weiter verwunderlich ist. Sie hat gerade »Achtung, hinter dir!« gerufen, als es an der Wohnungstür klingelt.

Es ist Georgina. Bei ihrem Anblick bekomme ich sofort ein schlechtes Gewissen. »Ich guck mir gerade mit meiner Mutter einen Actionfilm an.« (Und ich habe letzte Nacht KEINE SMS von Valentin bekommen und gehe auch ganz sicher NICHT nachher zu ihm.) »Stör ich?« Georgina sieht mich so offen an, dass mir mit einem Schlag klar wird, dass sie keine Ahnung von meiner Valentin-Connection hat und deshalb auch nicht vorbeigekommen sein kann, um mich zu kontrollieren. Das freut mich so, dass ich richtig überschwänglich werde: »Nein, gar nicht, ich freu mich total, dich zu sehen!« Georgina schaut mich skeptisch an. Okay. Ganz ruhig. Wenn ich mich nicht ansatzweise normal verhalte, schöpft Georgina hinterher doch noch Verdacht. Hauptsache, ich werde sie rechtzeitig wieder los. Um fünf muss ich zu Valentin.

Ich verfrachte Georgina ins Wohnzimmer, dann mache ich kurz die Tür zu Mamas Schlafzimmer auf, sage »Georgina ist da« in den Gefechtslärm, haue die Tür wieder zu, hole zwei Becher Kaffee aus der Küche und finde Georgina lesend auf unserer Couch vor. Ich setze den Kaffee auf dem Couchtisch ab. »Danke.« Georgina liest weiter. Ich hebe das Buch etwas an, sodass ich das Cover erkennen kann. **Die Raubtier-Strategie. In der Liebe von den Löwen lernen.** Eins von Mamas Selbsthilfebüchern. Georgina lacht leise. **»Irrtum Nummer eins:«**, liest sie vor, **»Ich muss geliebt werden, so wie ich bin. Jahrzehntelang wurde uns eingeredet, dass wahre Liebe den Partner so nimmt, wie er ist – mit all seinen Macken und Unzulänglichkeiten. Dieses falsche Ideal hindert uns daran, erfüllte und glückliche Partnerschaften zu führen. Tatsächlich ist eine Beziehung ständige Arbeit, auch Arbeit an sich selbst. Das kann heißen, sich für den Partner zu verändern – sei es innerlich oder äußerlich. Löwenmännchen haben das verstanden: Da Löwenweibchen sich nur mit den Alphatieren ihres Rudels paaren, kämpfen Löwenmännchen mit aller Kraft darum, in der Rangordnung einen der vorderen Plätze einzunehmen. Tipp: Erinnern Sie den Pantoffelhelden auf Ihrem Sofa ab und zu daran.«** Georgina lacht laut. »Das hat deine Mutter gelb markiert!« Ich nehme Georgina das Buch aus der Hand und schaue hinein. Mama hat neben die Zeilen sogar zwei Ausrufezeichen gemalt. »Dein Vater ist dann aber doch nicht zum Löwen mutiert, was?« Georgina kriegt sich gar nicht wieder ein. »Pscht!« »Was denn, das ist doch echt zu komisch! Die Raubtier-Strategie! **Grrrrrr!**« Ich stelle das Buch zurück ins Regal. Dabei fällt mir ein anderes ins Auge: **Fair, führungsstark und feminin. Führungsstrategien für Frauen.** Ich halte es Georgina unter die Nase. »Lies lieber das.« Georgina reagiert nicht. Also schlage ich das Buch an irgendeiner Stelle auf und lese vor: **»Fair Kritik üben: Korrigieren und mahnen Sie nur, wenn Sie zuvor auch klare Anweisungen gegeben haben. Kritik, die aus der Perspektive Ihrer Mitarbeiter aus dem Nichts zu kommen scheint, lässt diese an ihrer Selbstwirksamkeit zweifeln und führt letztlich zu Motivationsverlust.«** Ich schaue Georgina an. Sieht fast aus, als hätte sie auch gerade eine Karotten schneidende Jule vor Augen. »Lies weiter vor.« Ich schaue wieder ins Buch. **»Mit gutem Beispiel vorangehen, ohne in den Schatten zu stellen: Es ist völlig richtig, dass Sie Ihren Mitarbeitern ein leuchtendes Beispiel sein wollen. Passen Sie jedoch auf, dass Sie nicht so hell strahlen, dass für die anderen nur noch der Schatten übrig bleibt. Nehmen Sie sich immer wieder zurück und rücken Sie die Leistungen Ihrer Mitarbeiter ins rechte Licht.«** Ich sehe aus dem Buch auf. Georgina hört geradezu gebannt zu. Ich blättere um. Das Kapitel ist zu Ende. Egal, dann denke ich mir eben was aus. **»Sensibilität entwickeln: Bemühen Sie sich, die Bedürfnisse Ihrer Mitarbeiter zu erkennen und ernst zu nehmen. Nicht immer ist das, was Sie für das Richtige halten, auch passend und gut für die anderen. Das gilt nicht nur am Arbeitsplatz: Auch Ihr …, hm …, privates Umfeld wird …, äh …, Ihre neue**

Sensibilität zu schätzen wissen.« Gar nicht so leicht, sich so was aus dem Stegreif auszudenken. Aber Georgina hört immer noch total konzentriert zu. »**Manchmal ist es wichtig, für eine gute Freundin auf etwas zu verzichten.**« »Hä?« **Ups, das war zu viel.** »Wo ist denn da der Zusammenhang?« Georgina streckt ihre Hand nach dem Buch aus. Ich ziehe es weg. »Hey, lass mich da auch noch mal reinschauen!« In diesem Moment klingelt ihr Handy. Uff. Georgina wühlt in ihrer Tasche, und ich lasse das Buch hinter den anderen Büchern im Regal verschwinden. »Echt? Ist ja toll, danke! Du bist ein Schatz! Bis morgen!« Georgina packt ihr Handy weg und strahlt. »Die nächsten Zutaten sind gebongt! Valentin hat einem seiner blöden Nachhilfeschüler 'ne Extrastunde aufgeschwatzt und leiht mir das Geld! Zusammen mit dem Rest von den Cupcake-Einnahmen reicht das locker für unser Menü!« Es kostet mich all meine Energie, meine Mimik unter Kontrolle zu halten. Nach gefühlten fünf Stunden bringe ich ein schwaches Lächeln zustande. »Toll!« »Sag ich ja!« Gut, dass Georgina sich das mit der Sensibilität nicht zu Herzen genommen hat. Sonst würde sie jetzt merken, wie ich innerlich zwischen Schluchzen und Schreien schwanke. »Ich muss dann auch los, Kaffee trinken, weißt ja Bescheid!« Ich nicke nur noch.

»Mach den Film noch mal an.«

Mama schaut mich erstaunt an. »Aber du hasst doch eigentlich solche –« »Mach den Film an. Ich will Blut sehen!« Mama zuckt mit den Schultern und drückt auf die Fernbedienung.

Aber keine Explosion ist laut genug, um die Schmetterlinge zu übertönen. Nachher sehen wir ihn, nur noch eine Stunde, dann sehen wir ihn, summen sie glücklich. Habt ihr's nicht mitgekriegt: Ich bin für Valentin nicht mehr als eine lukrative Einnahmequelle!, schreie ich sie an. Haltet endlich die Klappe! Aber die Schmetterlinge sind in ihrer liebestrunkenen Beschränktheit nicht kleinzukriegen. Sie drehen so wilde Pirouetten wie noch nie. Während im Film eine Explosion die nächste jagt, steigt in mir eine unglaubliche Wut auf. Ich weiß gar nicht, was mich wütender macht: Dass Valentin so ein Arschloch ist oder dass ich es trotzdem kaum erwarten kann, ihn zu sehen.

Um fünf stehe ich auf, mache den Fernseher aus und nehme die DVD aus dem Player. »Hey«, ruft Mama, »der Film war noch nicht zu Ende!« Ich fummele die DVD in die Hülle. »Falls es dir entgangen sein sollte, als du den Film die letzten vier Mal gesehen hast: Zum Schluss fliegt alles in die Luft. Ich bin dann bei der Nachhilfe.«

Ich stapfe mit einer solchen Wut durch den Schnee, dass ich viel zu früh an der Bushaltestelle ankomme und ewig in der Kälte warten muss. Das macht mich noch wütender. Als der Bus endlich kommt, will ich mit so viel Schwung einsteigen, dass ich auf dem festgetrampelten Schnee ausrutsche und mich auf den Hintern lege. »Wir ham wohl zu viel Energie, was?« Der Busfahrer lacht mich aus, und mit ihm alle Fahrgäste. Ich könnte ihnen allen, allen auf ihre dummen bunten Mützen hauen. Mit nassem Hintern laufe ich durch den Bus und suche einen Platz. Als ich endlich sitze, sagt jemand hinter mir »Hallo, Pia«. Ich würde mich am liebsten gar nicht umdrehen. Wenn das jetzt Moritz oder einer von Valeskas anderen Groupies ist, kann ich für nichts garantieren. »Hey, Pia!« Jetzt wird mir auch noch in den Rücken gepikt. »Es reicht!« Ich drehe mich mit einem Ruck um. Und schaue in Hannes' erschrockenes Gesicht. »Entschuldige, ich wollte nur – Hallo sagen.« »Hallo. Zufrieden?« Ich drehe mich zurück. Eine Haltestelle später steigt Hannes aus, ohne mich noch mal anzusehen. Als ich ihn in der dunklen, verschneiten Straße verschwinden sehe, tut es mir fast leid, dass ich so unfreundlich war. Andererseits: Was quatscht der mich auch so blöd von hinten an? Selber schuld.

Während ich vor Valentins Tür warte, dass seine Mutti mir aufmacht, nehme ich mir vor, ihm gleich so richtig die Meinung zu sagen. Nein, tu's nicht, betteln die Schmetterlinge. Haltet euer verdammtes Maul, fahre ich sie an. Selber, selber, motzen die Schmetterlinge.

»So, bitte«, sagt Valentin und zeigt auf den Stuhl vor seinem Schreibtisch, als seine Mutti mich ins Zimmer schiebt. Obwohl ich mir vorgenommen habe, stehen zu bleiben, weil ich im Stehen besser schreien kann, setze ich mich. Irgendwie habe ich plötzlich so weiche Knie. »Wo waren wir?« Valentin holt mit einem Griff einen Ordner aus dem Regal und blättert darin. »Ach ja, einfache Gleichungen. Hast

du die Hausaufgaben bearbeitet?« »Stopp.« Valentin sieht
auf. »Wie, stopp?« Die Schmetterlinge treten mir gegen
die Magenwände. Tu'ssss nicht, tu'ssss nicht, tu'ssss
nicht. »So geht das nicht.« Valentin sieht mich verständnislos an. Dann rümpft er plötzlich die Nase und fängt an,
wie ein wild gewordenes Kaninchen herumzuschnuppern.
»Riechst du das auch? Hier stinkt's plötzlich so aufdring-
lich nach …, nach irgendwelchen Blumen!« Ich will gerade
»Lenk nicht ab«, sagen, da spüre ich etwas Feuchtes auf
meinen Oberschenkeln. Ich hebe meine Tasche an. An ihrem Boden zeigt sich ein riesiger, dunkler, nasser Fleck. Und
dann rieche ich es auch: Flower. Flower in Überdosis.
»Bist du das?« Ich ignoriere Valentin, fische, so schnell ich
kann, alles aus meiner Tasche und schmeiße es auf Valentins Schreibtisch. Zuletzt kommt der zerbrochene Parfüm-
flakon zum Vorschein. Valentin schaut entsetzt auf seinen
kostbaren Birkenfurnier-Schreibtisch: »Spinnst du, nimm
sofort das kontaminierte Zeug da runter!« Ich starre ihn an,
spüre mein Gesicht rot brennen und bin wie gelähmt. Was
soll ich tun? Weglaufen? Weinen? Mir einen Wischlappen
von Valentins Mutti leihen? Gerade als ich mich für Letz-
teres entschieden habe, ruft Valentin: »Fett: *Lethal Explosions 5!*«, und schnappt sich die DVD, die ich aus meiner
Tasche gerettet habe. »Hätte gar nicht gedacht, dass du so
was schaust!« »Die hab ich für meine Mu –« Die Schmetterlinge treten so fest zu wie noch nie. Okay. Durchatmen.
»Der ist nicht schlecht. Auch wenn die Teile 1 bis 4 bessere Spezialeffekte hatten.« Gut, dass ich manchmal sogar
aufpasse, wenn Mama mir so was erzählt. Valentin nickt

mir anerkennend zu. Die Schmetterlinge schweben in sanften Kreisen durch meinen Bauch. »Haste Lust, den zu schauen?« »Ich hab ihn schon zwei Mal –« Tritt. »Ja klar, gerne.«

Das Beseitigen der Giftgaskatastrophe in Valentins Zimmer überlassen wir Mutti, während wir im Partykeller auf einem riesigen grünen Plüschsofa *Lethal Explosions 5* schauen. Und zwar auf dem größten Flachbildfernseher, den ich je gesehen habe. Natürlich mit *Dolby Surround*. Was die ganzen Explosionen noch unerträglicher macht. Aus einem Schrank holt Valentin eine Flasche mit einer gelben Flüssigkeit und zwei Schnapsgläser. Er schenkt ein und reicht mir eines. »Auf dich!« Auf mich? Äh … »Ja, dann mal prost!«, sage ich. Sehr einfallsreich, schimpfen die Schmetterlinge. Ruhe! Ich trinke. Der Eierlikör schmeckt widerlich, nach alten Schachteln, die in düsteren Cafés rumhocken. Aber den Schmetterlingen gefällt die Farbe. Noch einen, befehlen sie, und Valentin gehorcht. Sobald mein Glas leer ist, schenkt er mir wieder nach. Die Schmetterlinge fliegen Schlangenlinien. Bis auf das Einschenken sitzt Valentin völlig still und unbewegt vor dem Fernseher. Ich bin fast etwas enttäuscht, dass er nie »Vorsicht, hinter dir!« oder »Gleich explodiert's!« brüllt. Dafür sind die Schmetterlinge umso lauter. Sie können es einfach nicht fassen, dass wir völlig unerwartet nur ein paar Zentimeter von Valentin entfernt auf einem Plüschsofa sitzen. Und ich habe den Eindruck, dass es immer weniger Zentimeter werden. Valentin rückt, ohne dass ich eine Bewegung bemerken kann, immer näher an mich heran. Und dann legt er tatsächlich den Arm um mich. Die Schmetterlinge lassen die Sektkorken knallen. Ich bin starr vor Schreck und schaue angestrengt auf den Fernseher. Da schleicht gerade jemand um den Öltank herum, der gleich explodieren wird. Valentin streichelt meine Schulter. Atmen, rufen die Schmetterlinge, atmen! Mit der linken Hand fasst Valentin mich am Kinn und dreht meinen Kopf ein Stück zu sich herum. Um Valentin nicht ansehen zu müssen, behalte ich den Fernseher im Blick. Der Typ lädt seinen Revolver durch. Valentin dreht meinen Kopf mit einem Ruck ganz zu sich herum und presst seinen Mund auf meinen.

Der Öltank explodiert.

Die Schmetterlinge schweigen.

IM SPIEGEL sieht mich morgens ein komplett anderer Mensch an. Mit weichen, glatten, glänzenden Haaren und einem klassischen Profil. Wunderschön. Außerdem bin ich einen Kopf größer als gestern. Na, was sagt ihr jetzt?, frage ich die Schmetterlinge, aber sie taumeln nur schwach hin und her. Zu viel Eierlikör.

Bevor ich mich im Bioraum auf meinen Platz setzen kann, fängt Valeska mich ab. »Na, wie war's?« Sie lächelt – anzüglich. »Gut«, sage ich, »hab jede Menge kapiert.« Aus Valeskas Lächeln wird ein Grinsen. »Na, darum geht's ja, oder?« Sie tätschelt meine Schulter. Aus den Augenwinkeln sehe ich, wie Georgina uns beobachtet. »Schön, wenn man so schnell Freundschaften schließen kann«, zischt sie mir zu, als ich mich neben sie setze. »Die verarscht mich doch bloß«, flüstere ich zurück. Georgina schüttelt den Kopf und sieht dabei ziemlich traurig aus. Die Schmetterlinge ziehen sich verkatert die Bettdecke über den Kopf.

Frau Frampe-Kleinert ist heute auch irgendwie angespannt. Nicht dass sie sonst besonders entspannt wäre, aber heute ist es besonders schlimm. Sie sitzt wie immer auf der Rückenlehne ihres Stuhls und hat die Füße auf der Sitzfläche stehen. Diese Haltung sieht sonst schon immer ziemlich verkrampft aus, aber heute wirkt es krampfig hoch zehn. Frau Frampe-Kleinert krümmt sich richtig in sich zusammen. »Was ist denn mit der los?«, flüstert Jule mir zu. Ich zucke mit den Schultern. Ist mir ehrlich gesagt auch ziemlich egal. Ich bin ausgelastet mit der beleidigten Georgina, meinen verkaterten Schmetterlingen, meinem schlechten Gewissen und meinem Riesenstolz, Valentin abgeschleppt zu haben. Frau Frampe-Kleinert erzählt was von Atmungsorganen. »Die Nasenlöcher«, sagt sie sehr leise und langsam, »sind die Eingänge zu den beiden Nasenhöhlen. Die Nasenhöhlen sind innen durch das Nasenseptum voneinander getrennt. Die Nase besteht aus zwei Höhlen, und deshalb bezeichnet man sie als paariges Riechorgan.« Frau Frampe-Kleinert reibt sich die Nase. »Kinder«, sagt sie. Wir lachen. Frau Frampe-Kleinert springt von ihrem Stuhl. »Mir ist schlecht.« Sie rennt aus dem Klassenzimmer. Wir sehen uns an. »Schwanger wird sie ja nicht sein, in **ihrem** Alter.« Leonie kichert. »Wer sollte die auch schwängern wollen?« Das war Moritz, geistreich wie immer. Die Jungs lachen. »Abgesehen davon«, Valeska schnuppert übertrieben in der Luft herum, »versteh ich gar nicht, wieso ihr schlecht geworden ist. Es duftet doch ganz exquisit.« Mareike nickt. »Stimmt, fast wie in einem **Sterne-Restaurant**, wenn ihr mich fragt.« Neben mir hält Georgina die Luft an. Scheiße, man riecht tatsächlich unser Menü vom Samstag.

Frau Frampe-Kleinert kommt nicht zurück. Dafür steht eine Viertelstunde später Herr Stahlrich vor uns. »Frau

Frampe-Kleinert«, sagt er, »fühlt sich nicht wohl. Bitte stellt
den Aufbau der Nase dar, beschriftet eure Zeichnungen
und verhaltet euch ruhig. Noch Fragen?« Herr Stahlrich
schaut im Raum herum, mit einem Blick, der seinem Namen alle Ehre macht. Valeska meldet sich. »Herr Stahlrich«,
sagt sie mit einer ganz besorgten Stimme, »warum geht es
Frau Frampe-Kleinert denn schlecht? Vielleicht wegen
des Geruchs?« Herr Stahlrich nickt zufrieden. Er ist ein
großer Fan des Genitivs und setzt sich so energisch gegen
sein Aussterben ein wie andere für den Regenwald. »Ja,
wegen dieses Geruchs«, sagt er jetzt, »dessen Herkunft ich
aufklären werde. Vermutlich leitet ein Restaurant in der
Nachbarschaft seine Ablüfte in unsere Richtung.« Valeska
meldet sich schon wieder. »Ja, bitte?« »Und wenn die Quelle
des Geruchs sich direkt hier **unter uns** befinden würde?«
Herr Stahlrich hat offenbar die Freude am Genitiv verloren.
»Red keinen Unsinn, woher sollte denn hier der Geruch
kommen? Also, ihr wisst Bescheid: Aufbau der Nase be-
schriften!«

»Sie weiß was«, zischt Georgina mir zu, als wir über unsere Hefte gebeugt sitzen und zeichnen. Mir ist mindestens
so übel wie Frau Frampe-Kleinert. Könnte ich Valeska aus
Versehen was verraten haben? Ich gehe alle Situationen
durch, in denen ich mit ihr gesprochen habe, aber mir fällt
nichts ein. Jule scheint das Gleiche zu denken. »Du hast ihr
doch nichts erzählt?«, flüstert sie von der anderen Seite. Ich
schüttle den Kopf. »Natürlich nicht!« Georgina legt ihren
Bleistift zur Seite und nimmt den Radiergummi. »Valentins
Nachhilfeschüler hat gestern auch nicht bezahlt. Hatte kein

Geld dabei. So eine Scheiße!« Sie radiert so fest, dass die Seite einreißt. Bei **Nachhilfeschüler** wird mir heiß. »Wir haben ja auch gar keine Nachhilfe gemacht«, würde ich Georgina gerne sagen. Aber dann wäre zwischen uns alles aus. Dass ich mir Valentin geschnappt habe, würde Georgina mir nie verzeihen. Obwohl – warum eigentlich? Sie missbraucht Valentin sowieso nur als Schlüssellieferanten. Ich sehe Georgina an, wie sie eine neue Seite aufschlägt, ein paar Striche macht und gleich wieder wie wild radiert. Nein, dass ich jemanden küsse, der eigentlich Georgina anschwärmen müsste, das geht einfach nicht.

Als es zur Pause klingelt, kommt Valeska an unseren Tisch. »Gehen wir 'ne Runde spazieren?« Georgina räuspert sich und steht auf. »Pia und ich haben jede Menge zu besprechen, sorry, Valeska.« Valeska sieht Georgina an, mit dem gleichen Blick, dem ich im Café nicht standgehalten habe. Georgina hält den Blick aus. »Lassen wir doch«, sagt Valeska, »am besten Pia selbst entscheiden.« Ich sitze auf meinem Platz, schaue zu den beiden hoch und könnte heulen. Beide lächeln siegessicher. Ich habe große Mühe, die Spucke herunterzuschlucken, die sich in meinem Mund ansammelt. »Georgina?« »Ja?« Georginas Blick wird noch siegesgewisser. »Wir können das doch sicher auch nächste Pause besprechen, oder? Dann gehe ich jetzt 'ne Runde mit Valeska spazieren.« Ich habe Georgina noch nie so überrascht gesehen. »Gut.« Valeska zieht mich am Arm hoch und aus dem Klassenraum. Mareike, Lara und Leonie laufen uns hinterher.

Draußen ist es eiskalt. Valeska zündet sich eine Zigarette an und verteilt welche an die anderen. »Auch eine?« Ich nicke. Valeska hält mir die Schachtel hin und gibt mir Feuer. Ich ziehe und huste. Valeska lacht. »Und, hattet ihr Spaß gestern?« »Ähm, ja.« »Du wirst ja total rot! Richtig süß! Hast du ihn gleich flachgelegt, oder was?« »Ähm, nein.« »Das hebt sie sich für die nächste Nachhilfestunde auf«, kichert Leonie. »Also, Valentin fand's gar nicht schlecht. Er hat sich's schlimmer vorgestellt, sagt er.« Die anderen lachen. »Schau nicht so, kleiner Scherz. Valentin fand's hammermäßig.« Ich schaue auf meine Zigarette, die herunterbrennt, ohne dass ich daran ziehe. »Hat er das gesagt?« »Das hat er mir höchstpersönlich mitgeteilt!« Valeska tritt ihre Zigarette aus. »Genieß es. Und vergiss nicht, wem du das verdankst.«

Als ich am Bioraum ankomme, sind die anderen schon weg. Ich bleibe an den Schaukästen stehen und starre hinein. Erst nach ein paar Minuten wird mir klar, was ich mir da anschaue: Schmetterlinge: tot, getrocknet und fein säuberlich auf Nadeln aufgespießt.

Georgina sitzt die gesamte nächste Stunde schweigend neben mir. Ich schaue starr nach vorne, um sie nicht ansehen zu müssen. Herr Freege guckt immer wieder zu uns herüber, als würde er sich fragen, ob mit Georgina alles in Ordnung ist.

In der großen Pause sitzen Georgina, Jule, Paula und ich lange schweigend unter der Treppe. »Ich hab noch 'ne

Überraschung für euch«, sagt Georgina irgendwann in die Stille hinein. »Toll, was denn?«, ruft Paula. Jule schaut gequält. »Was denn für eine Überraschung?«, frage ich, um Georgina versöhnlicher zu stimmen. Georgina setzt sich aufrecht hin und sagt erst mal nichts. Ihr entgeht offenbar, dass nur Paula hier ihrer tollen Überraschung entgegenfiebert. »Ich habe«, sagte Georgina, »die Eröffnung der *Hohen Schule* für diesen Samstag ins Netz gestellt.« »Toll«, Paula reibt sich die Hände, »das wird der Wahnsinn!« »Spinnst du jetzt komplett?« Jule steht auf. »Du entscheidest alles alleine und nennst das dann **Überraschung** – für wie blöd hältst du uns eigentlich?« Georgina versucht, Jule am Ärmel wieder zu uns nach unten zu ziehen. »Quatsch, das wird grandios, wir üben diese Woche noch mal das Menü, dann wird die Eröffnung ein Riesenerfolg!« Jule zerrt an ihrem Ärmel. »So ein Erfolg wie die Kartoffelsuppe, oder was?« Georgina hält den Ärmel fest. »Das mit der Kartoffelsuppe war meine Schuld, das lag an meinem Führungsstil.« »Führungsstil?« Jule lacht laut. Dann reißt sie sich von Georgina los und geht. Einen Moment später sehe ich sie am anderen Ende der Halle bei Anke stehen. Georgina seufzt. »Scheiße.« »Mach dir nichts draus.« Paula streichelt Georginas Rücken. »Pia und ich halten zu dir.« Ich will Paula gerade erwürgen, als plötzlich Valentin neben uns steht. »Hallo, Georgina.« Er setzt sich zu uns auf den Boden. Mir wirft er einen genauso kurzen Blick zu wie Paula. »Hi.« Dann wendet er sich wieder Georgina zu. »Wie wär's mit Kino heute?« Ich sehe Valentin an und fasse es nicht. Die Schmetterlinge erwachen aus ihrem Delirium und fliegen tief. »Wir haben heute bis vier Unterricht, und ich darf unter der Woche nicht weggehen, weißt du doch!« Georgina springt auf und geht. Valentin sieht mich und Paula mit einem gespielt verzweifelten Gesichtsausdruck an. »Versteh einer die Frauen.« Paula schnauft, steht auf und läuft Georgina hinterher. Valentin hockt für einen Moment unbewegt da und starrt in die Pausenhalle, dann fällt ihm meine Anwesenheit wieder ein. »Wie wär's mit Nachhilfe heute Abend?« WAS? Valentin lädt erst vor meinen Augen Georgina ins Kino ein, um mich dann zu fragen, ob ich Zeit habe, nachdem sie abgesagt hat? Was soll man dazu noch sagen?

»Ja«, sage ich.

Die Schmetterlinge brummen etwas, das ziemlich nach Ssssssssssssssssssssssselbstachtung? klingt. Ihr seid nie zufrieden, beschimpfe ich sie, erst wollt ihr um jeden Preis Valentin, dann bekommt ihr Valentin und meldet euch nicht mehr, und jetzt kommt ihr plötzlich mit SELBSTACHTUNG an. Die Schmetterlinge antworten nicht. Aber ich kann deutlich spüren, wie sich ihre Flugbahnen verändert haben. Sie kreisen ganz nah an meinen Magenwänden.

An der Bushaltestelle steht schon wieder Valeska vor mir. »Na, freust du dich schon auf heute Abend?« Sie sieht mich von oben bis unten an. »Wenn du mit Valentin wirklich weiterkommen willst, solltest du vielleicht ein bisschen an dir arbeiten.« Sie lächelt. »Nicht dass du so nicht wunderhübsch wärst, aber ein bisschen flotter könntest du dich schon stylen.«

Flotter? **Flott** spielt in einer Liga mit **pfiffig** und **frech**. Ich will unter gar keinen Umständen **flott** aussehen.

»Komm doch mit mir nach Hause, dann schminke ich dich, und wir schauen, ob ich was für dich im Schrank habe.«

Nein. Nicht in die Höhle des Löwen. Das ist zu viel verlangt.

»Und? Was sagst du?«

»Ja, klar. Gerne.«

Auf dem Weg hält Valeska mir Styling-Vorträge. Ich höre gar nicht hin. Was hat Valeska mit mir vor? Hinterher warten bei ihr schon Mareike, Leonie und Lara, um mich richtig fertigzumachen. Ich sollte einfach umdrehen und abhauen, aber ich stapfe wie hypnotisiert hinter Valeska her. In meiner Panik achte ich gar nicht darauf, wo wir eigentlich hingehen. Mist, ich hätte Brotkrumen streuen sollen oder so was, damit ich hinterher zurückfinde, wenn ich mich aus Valeskas Klauen befreit habe.

»Da sind wir.«

Zu spät.

Valeska schließt die Tür auf.

Die Tür zu dem Haus, in dem Valentin wohnt.

Moment mal.

Ich bleibe auf der Türschwelle stehen. »Aber hier wohnt doch –«

Valeska lächelt. »Ist mein Bruder. Stiefbruder.«

»Aber du heißt doch gar nicht Wellner –«

»Dann wirf mal einen Blick auf dieses formschöne Namensschild da.«

Wellner steht da. Und darunter: **Fester**. Valeska Fester. Wie ich das bisher übersehen konnte, ist mir ein Rätsel.

Ich steige hinter Valeska die Treppe hoch, die auch zu Valentins Zimmer führt. Seine Tür ist zu. Valeska geht in das Zimmer gegenüber. Ich folge ihr.

Valeskas Zimmer sieht haargenau so aus wie Valentins, nur dass es hier mehr nach Eichenfurnier als nach Birkenfurnier aussieht. Und statt Sebastian Vettel irgendwelche Schauspieler oder Sänger an der Wand hängen, die ich nicht kenne.

»Setz dich. Willst du was trinken?«

»Warum? Klingelst du dann nach **Mutti**?«

Valeska lacht. »Nee, das ist ja Valentins **Mutti** und nicht meine. Mich bedient die nicht. Also, willst du was trinken?«

»Nein, danke.«

»Gut, dann legen wir gleich los. Wenn du bitte da Platz nehmen möchtest.« Sie zeigt auf einen Stuhl, der genauso aussieht wie der in Valentins Zimmer, nur mit rotem statt blauem Polster. Ich setze mich. Valeska holt sich ihren Schreibtischstuhl, rollt sehr dicht an mich heran und sieht mich an. Unter ihrem Blick spanne ich jeden Gesichtsmuskel an. »Wir müssen die Nase kaschieren, so viel steht fest.« Na danke. »Und die Augenringe. Und das leichte Doppelkinn.« »Vielleicht stülpe ich mir einfach eine Tüte über den Kopf?« »Quatsch. Das kriegen wir schon hin. Grundregel Nummer eins: Glänzende Nasen wirken immer größer. Also müssen wir nachher schön abpudern. Aber erst mal kommt das Make-up.« Aus der Kommode, in der im Valentin-Paralleluniversum auf der anderen Seite des Flures der Quittungsblock liegt, holt Valeska eine riesige rote Kosmetiktasche. »Auf den Nasenrücken machen wir dunkleres Make-up und auf die Nasenflügel und das übrige Gesicht helleres. Damit kriegen wir die Nase locker klein.« Sie schiebt meinen Kopf in Position und wischt mit einem Schwämmchen in meinem Gesicht herum. Sie ist erstaunlich sanft. Ich atme durch und beschließe, einfach alles über mich ergehen zu lassen. Raus komme ich hier eh nicht mehr.

Während Valeska an mir herumschminkt, überlege ich, wie ich am besten aus ihr rauskitzeln könnte, ob sie Valentin dazu angestachelt hat, mich zu küssen, oder ob er das von alleine gemacht hat.

»Valeska?«

»Augen zu und Mund halten, sonst mal ich daneben!«

Okay. So nicht.

Ist ja eigentlich auch egal. Was für einen Unterschied macht das schon? Hauptsache, er küsst mich. Wobei das Küssen an sich eigentlich ziemlich unangenehm ist. Wenn das Küssen aber heißt, dass Valentin mich mag, dann ertrage ich es gerne.

Ist also doch nicht egal.

»Valeska?«

»Stillhalten, verdammt!«

»Nein, ich halte jetzt nicht mehr still!« Ich mache die Augen auf.

Valeska sieht mich überrascht an.

»Was denn?«

»Hast du Valentin gesagt, dass er mich küssen soll?«

Valeska lächelt.

»Das macht dir Bauchschmerzen, was?«

»Sag's mir einfach.«

Valeska lächelt noch mehr. »Sagen wir mal: Ich habe ihm signalisiert, dass du es nicht ganz unangenehm fändest, wenn er dich küssen würde.«

Ich brauche einen Moment, um das zu kapieren.

»Also will er mich küssen?«

»Sieht ganz so aus.«

WOW.

»Und, wie küsst er so?«

Ähm.

»Ungefähr so?«

Valeska beugt sich zu mir vor.

Und küsst mich ganz leicht auf den Mund.

Doppel-WOW.

»Nein«, sage ich, »Ganz anders.«

»Hab ich mir gedacht.« Valeska nimmt den Lippenstift in die Hand.

»Jetzt muss ich den Mund noch mal neu machen. Stillhalten, bitte.«

Als Valeska mich um sechs in einem ihrer Minikleider bei Valentin ins Zimmer schiebt, bin ich in doppelter Hinsicht verwirrt: Erstens bin ich in dieser Aufmachung nicht sicher, ob ICH das überhaupt bin, und zweitens habe ich das Gefühl, dass ich irgendwie lieber bei Valeska geblieben wäre.

Seltsam.

»Und, wie gefällt sie dir?«

Valentin dreht sich auf seinem Schreibtischstuhl zu uns. »Wow, gute Arbeit!«

»Gerne doch.«

Valeska zieht die Zimmertür hinter sich zu.

Valentin schreibt noch etwas, dann steht er auf. »Komm mit.« Er läuft vor mir über den Flur und dann die Treppe hinunter, die in den Partykeller führt. Ich laufe hinterher.

Unten zeigt Valentin auf das Sofa. »Setz dich. Ich habe uns *Lethal Explosions 1* besorgt. Du meintest doch, da wären die Spezialeffekte geiler.« Ich setze mich aufs Sofa und schwanke zwischen Rührung und Entsetzen. Es ist wirklich süß, dass er sich daran erinnert. Und es ist wirklich furchtbar, dass ich mir jetzt *Lethal Explosions 1* ansehen muss. »Und was ist mit Mathe?«, frage ich, während Valentin am DVD-Player herumfummelt. »Mathe?« Er sieht mich erstaunt an. »Mathe: Das ist dieses Schulfach, wo immer von Zahlen gesprochen wird.«

»Hä?«

»Vergiss es.«

Valentin setzt sich neben mich. »Das mit der Nachhilfe war eigentlich nur ein Vorwand, damit ich dich wiedersehen kann.« Er legt den Arm um mich. »Ich mag dich, Pia.«

In vollem Dolby-Surround-Sound explodiert das erste Restaurant. Valentins Zunge presst sich in meinen Mund.

Ich spüre seine Hand auf meinem Oberschenkel. Scheiß-
minikleid.

»Hast du Samstag Zeit?«, fragt mich Valentin an der Haustür. »Am Wochenende gibt es im DVD-Verleih zwei DVDs
zum Preis von einer. Da können wir gleich *Lethal Explosions 2* und *3* ausleihen.« Ich nicke, ohne nachzudenken.
»Cool!« Als ich schon auf dem Bürgersteig stehe, ruft Valentin noch mal »Pia!«. Ich drehe mich um. »Ja?« »Danke
für den schönen Abend.« »Bitte, gern geschehen«, sage ich.

Es ist halb eins, als ich unsere Wohnungstür aufschließe.
Zum Glück hat Mama Nachtschicht. Ich taste mich durch
den dunklen Flur in mein Zimmer. Dort setze ich mich auf
mein Bett und starre in die Dunkelheit. Dann stehe ich mit
einem Ruck auf, schalte meine Schreibtischlampe ein und
hole meine Mathesachen raus.

»NA, WENIG SCHLAF BEKOMMEN?«, ruft Valeska mir quer durch den Raum zu, als ich in die Klasse komme. »Hab Mathe gelernt«, antworte ich möglichst leise, drücke Valeska die Tüte mit ihrem Kleid in die Hand und setze mich auf meinen Platz. **»WAS?«**, brüllt Valeska. **»MATHE!«** Valeska lacht, Mareike, Lara und Leonie auch. »Hab ich mir gedacht!« Valeska setzt sich mit zufriedenem Gesicht hin.

Wenn Valeska wüsste, dass ich wirklich bis drei Uhr morgens Mathe gelernt habe, würde sie sicher noch lauter lachen. Eigentlich kann ich das selbst gar nicht so ganz glauben. Aber als ich mir gestern Nacht das Mathebuch vorgenommen habe, hat es mich plötzlich gepackt. Ich habe die Lektionen zum Thema Gleichungen noch mal ganz von vorne durchgeackert. Und es kam mir fast so vor, als würde ich was kapieren. Ich hoffe, dass ich das nicht nur geträumt habe. **»PIA! WACH AUF! ICH REDE MIT DIR!«** Georgina schaut mich wütend von der Seite an. »'tschuldigung, bin etwas müde.« »Und ich frage dich seit zwei Minuten, *warum* du müde bist! Was meinte Valeska denn gerade?« Um Zeit zu gewinnen, gähne ich. »Keine Ahnung, sie spinnt einfach rum.« »Den Eindruck habe ich ausnahmsweise mal nicht. Und was war in der Tüte?« »Nichts.« Das kam unfreundlicher raus, als es sollte. Georgina schnauft und schaut nach vorne. Da stellt sich gerade Herr Kröve in Positur. »Guten Morgen! WER löst uns denn mal diese kleine Gleichung auf?« Herr Kröve sieht sich suchend um. Stille. Herr Kröve schaut und schaut. Dann meldet sich Hannes. Ein Raunen geht durch die Klasse. Auch Herr Kröve sieht ziemlich erstaunt aus. »Ja, äh, Hannes?« »Es reicht.« »Wie bitte?« »Es reicht. Sparen Sie sich dieses Theater doch einfach und nehmen Sie direkt mich oder Pia dran.« »Was?« Ich kann es in Herrn Kröve arbeiten sehen. Dann richtet er sich auf. »Gut, Hannes, dein Wunsch ist mir Befehl: Du bist dran. Löst du mal einfach – hehe – kurz diese Gleichung auf?«

Hannes schaut an die Tafel.

Hannes wird rot.

Die Sicherheit, mit der er gerade noch gesprochen hat, ist plötzlich komplett verschwunden. Ich schaue an die Tafel. Und – ich weiß selbst nicht, warum – sehe plötzlich ganz klar, wie die Gleichung aufgelöst werden muss. Ich melde mich. »Ja, äh, Pia.« »Erstens hat Hannes völlig recht.« Herr Kröve lacht amüsiert. Das kann ihn jetzt nicht mehr schocken. »Und zweitens würde ich gerne kurz die Gleichung auflösen. Darf ich?« Herr Kröve macht eine einladende Handbewegung Richtung Tafel. »Aber sicher, Pia, du darfst!« Der Weg zur Tafel erscheint mir kilometerlang. Als ich dann direkt vor der Gleichung stehe, kommt sie mir schon nur noch halb so klar vor. Ich fange an, die einzelnen Elemente zu verschieben. »Hm, hm«, sagt Herr Kröve. Nach drei Zeilen komme ich nicht mehr weiter. »Paula, führst du das bitte für Pia zu Ende?« Herr Kröve nimmt lächelnd seinen Lehrerkalender in die Hand. »Sehr schön, Pia. Heute kann ich dir eine Vier minus eintragen. Mühsam ernährt sich das Eichhörnchen.«

»Hast du den Verstand verloren?« Immerhin redet Georgina nach dieser seltsamen Mathestunde wieder mit mir. »Keine Ahnung. Ich dachte plötzlich, ich könnte es.« Hannes geht an uns vorbei. Er ist immer noch knallrot im Gesicht.

Unter der Treppe sind wir inzwischen nur noch zu dritt: Georgina, Paula und ich. Wobei wir mit Paula nur kurz das Vergnügen haben. Sobald sie Jule am anderen Ende der Halle entdeckt, springt sie auf, sagt »Muss mit Jule reden« und ist verschwunden. Leider bin ich jetzt mit Georgina alleine.

Georgina schweigt.

Aber gleich wird sie mich wieder fragen, was Valeska und ich da vorhin besprochen haben, da bin ich mir ganz sicher.

Georgina sagt nichts.

Ich kann's kaum noch aushalten. Gleich wird sie fragen.

Georgina sagt immer noch nichts.

Ich halt's nicht mehr aus.

»Georgina.«

»Ja?«

»Paula ist ja total begeistert von den Backkünsten deiner Mutter.«

Für einen Moment sieht Georgina erschrocken aus. »Ja, sie weiß das wirklich zu schätzen, weißt du«, sagt sie dann.

Bevor ich antworten kann, ist Paula zurück. Sie setzt sich neben Georgina. »Jule überlegt es sich noch mal. Ich habe mit ihr gesprochen.« Sie streichelt Georgina schon wieder über den Rücken. Wie Georgina das erträgt, ist mir ein Rätsel. »Vielen Dank, Paula«, sagt Georgina und sieht mich dabei an.

Als es klingelt, hält Paula mich zurück. »Geh schon mal vor, Georgina!« Georgina zuckt mit den Schultern und geht. »Pia!« Paula packt mich und zieht mich zu sich heran. »Du musst unbedingt mit Jule sprechen!« Ich winde mich aus Paulas Griff. »Wieso, ich denke, sie überlegt es sich noch mal?« »Das habe ich nur gesagt, um Georgina zu beruhigen! Jule hat gesagt, wenn ich nicht aufhöre, sie damit zu nerven, kann Georgina mich demnächst als Vorspeise servieren. In kleinen Häppchen.« Ich muss lachen. Das ist typisch Jule. »Dann nerv sie besser nicht mehr.« Paula nickt. »Aber du kennst sie ja viel besser, du bist mit ihr befreundet …« Oh nein. »Bitte red noch mal mit ihr, das ist so wichtig für Georgina! Bitte, Pia!« Paula guckt mich an, als würde ihr Leben davon abhängen. »Okay, ich rede mit ihr.« »Danke!« Paula strahlt. »Wann?« »In der nächsten großen Pause?« Paula nickt begeistert.

Brav schleiche ich in der großen Pause zu Jule und Anke, von Georginas wütenden und Paulas glücklichen Blicken begleitet. Anke und Jule begrüßen mich nicht gerade begeistert. »Schickt Georgina dich?«, fragt Anke. »Nein.« »Schickt Paula dich?«, fragt Jule. »Auch nicht.« »Pia?« »Na ja, gut, sie schickt mich, aber ich werde jetzt bestimmt nicht versuchen, euch zu bekehren.« Anke und Jule nicken und sehen gleich etwas entspannter aus. Überhaupt fällt mir jetzt erst auf, wie lange ich nicht mehr mit Anke gesprochen habe. Für einen Moment habe ich das Bedürfnis, sie einfach zu umarmen, wie sie da steht, mit ihrem Pferdeschwanz und ihrer runden Brille. Aber das würde jetzt wahrscheinlich auch komisch kommen. »Machen wir drei mal wieder was zusammen?« Anke sieht mich an. Vielleicht wäre meine Umarmung doch nicht so schlecht angekommen. »Ja, klar! Wollt ihr zu mir kommen? Morgen Abend?« »Ja!«, sagen Anke und Jule fast gleichzeitig.

»Es läuft perfekt!«, flüstere ich der besorgt schauenden Paula zu, als wir auf dem Weg zurück in die Klasse sind. Irgendwie stimmt das ja auch.

Georgina sieht das anders. »Alles läuft scheiße!«, zischt sie mir zu, als wir uns in der Klasse auf unsere Plätze setzen. »Wir müssen so dringend üben, und Valentin rückt den Kellerschlüssel nicht raus! Kapierst du das?« Ich fühle mich auf Kommando schuldig und weiß gar nicht genau, warum. »Warum denn?« »Weil er am Samstag keine Zeit hat und uns nicht alleine reinlassen will. Was treibt der denn plötzlich jeden Abend?« »Keine Ahnung.« Georgina schaut mich an, als wüsste sie alles. Alles über den Partykeller, alles über den Eierlikör, alles über die Schmetterlinge und alles über *Lethal Explosions 1 bis 5*. »Soll ich mal mit Valentin reden?« »Du?« Oh nein. Jetzt habe ich mich in meinem Versuch,

Georgina zu beruhigen, verraten. Aber Georgina lacht nur.
»Wieso solltest D U mit Valentin reden?«

Ich kann ein triumphierendes Gefühl nicht unterdrücken,
als ich mitten in der Stunde eine SMS von Valentin bekomme: Lust auf Lethal Explosions 2 heute Abend?
:-* Val
 Ha! Er schiebt noch nicht mal mehr die Nachhilfe vor!
Und mit Kuss! MIT KUSS! Die Schmetterlinge stolzieren
mit hocherhobenen Köpfen in meinem Bauch auf und ab.
Am liebsten würde ich Georgina mein Handy rüberschie-
ben. Ich bin so stolz auf mich, dass ich Valentin zusage,
ohne darüber nachzudenken, ob ich eigentlich Lust habe,
Lethal Explosions 2 mit ihm zu schauen.

Mein Stolz schmilzt in sich zusammen, als wir nach Schul-
schluss Valentin an der Bushaltestelle treffen. »Georgina!«,
ruft er schon von Weitem, »Georgina!« Georgina schaut
finster. »Der soll sich verpissen.« Aber Valentin verpisst sich
nicht, sondern stellt sich neben uns. Mir gönnt er mal wieder nur ein kurzes »Hi«. »Georgina, ihr könnt am Samstag
in den Keller! Ich hab meinen, äh, anderen Termin verschieben können.« ACH SO. ICH BIN EIN VERSCHOBENER
TERMIN.

Ich sollte Valentin absagen, und zwar, indem ich ihn ordentlich anschreie. Stattdessen setze ich mich an den Computer, um mich abzulenken. Ohne nachzudenken, öffne ich
Lethal Explosions, das Computerspiel zum Film. Wobei ich

mir nicht sicher bin, was zuerst da war. Auch egal, ist beides die gleiche Scheiße. Mama hat das Spiel gekauft, weil sie den Film so toll fand und in ihrer Begeisterung vergessen hat, dass sie es hasst, am Computer zu sitzen. Ich glaube, sie hat das Spiel nicht ein einziges Mal gespielt. Ich wähle eine Figur mit dicken Muskeln und noch dickeren Titten. Und natürlich mit langen, dichten roten Haaren. Und einem Maschinengewehr.

Ich ballere zwei Mal, dann bin ich tot.

Ich verstehe Valentin einfach nicht – warum ist er so wild darauf, sich mit mir zu treffen, wenn ich ihm so peinlich bin, dass er mich in der Schule ignoriert? Oder will er sich nur die Sache mit Georgina offenhalten?

Ich hole mir ein neues Leben. Dieses Mal bin ich schon nach ein Mal Ballern tot.

Bin ich Valentins Zwischenlösung, für die Zeit, bis er bei Georgina Erfolg hat? Bin ich der Lückenbüßer?

Mein drittes Leben verkaufe ich teurer. Ich ballere nicht rum, sondern renne erst mal los und verstecke mich hinter einem Öltank. Aus diesem Versteck kann ich meine Feinde perfekt im Auge behalten.

Und warum hat Valeska mich geküsst? Einfach, weil sie es konnte? Oder weil sie mehr von mir will?

Ich springe aus meiner Deckung und feuere los. Kein Treffer. Eine Sekunde später bin ich schon wieder tot.

Scheißspiel. Ich schließe *Lethal Explosions* und mache *YouTube* auf. Und kann es nicht glauben: Das Video hat 5.999 Klicks. Fünftausendneunhundertneunundneunzig

Leute haben mein Video angeschaut? Okay, einmal war ich
es selbst, also fünftausendneunhundertachtundneunzig. In
fast allen Kommentaren geht es um den scheuen Chef. Einige Leute schreiben, dass er ein Arschloch ist (recht haben sie), andere finden ihn »kultig«. Nur Vale sieht das dif-
ferenzierter:

**Schade, dass Ihr Euch so gestritten habt! Ich finde,
Ihr solltet zusammenhalten, gerade gegen so ein
Arschloch!**

Valentin hat mehr Tiefgang, als ich ihm zugetraut hätte.

Ich bin ziemlich versöhnt, als ich mich auf den Weg zu ihm
mache. Okay, dann kann er eben seine Zuneigung nicht so
gut in der Öffentlichkeit zeigen, ist ja nicht so schlimm. Dafür weiß er wirklich zu schätzen, was ich mit der Kamera
schaffe. Und die Kommentare sind so süß formuliert. Fast
traue ich ihm das gar nicht zu. Ich glaube, Valentin ist
jemand, den man schnell mal falsch einschätzt.

Dass Valentin schnurstracks mit mir in den Partykeller
geht, uns Eierlikör einschenkt und *Lethal Explosions 2* in
den DVD-Player schiebt, habe ich allerdings ganz richtig
eingeschätzt. Und wie immer legt er ungefähr in der zwei-
ten Minute den Arm um mich, um mir dann kurz vor der
ersten Explosion die Zunge in den Mund zu schieben. Während ich das feuchte Ding so gut wie möglich aus meinem
Mund zu halten versuche, frage ich mich, ob Valentin ohne

Lethal Explosions überhaupt wüsste, was er wann tun soll. Hinterher würde er ohne den Film erst die Zunge und dann den Eierlikör und dann den Arm … Ich muss lachen. Was mit einer fremden Zunge im Mund nicht so gut kommt.

»He, was ist?«

»Was soll sein?«

»Du hast mich gebissen!«

»Sorry, ich musste lachen.«

Valentin rückt ein Stück von mir weg.

»Was ist denn so witzig?«

»Ich hab daran gedacht, wie wir uns das erste Mal begegnet sind.«

Keine Ahnung, wie ich jetzt darauf komme.

»Was meinst du, als du das erste Mal zur Nachhilfe gekommen bist?«

»W A S ?«

»Ach so, du meinst im Keller, als ihr das erste Mal gekocht habt!«

»Nein!«

»Warst du vielleicht irgendwann mal dabei, als ich mit Georgina gesprochen habe?«

»Nein! Also ja, aber das meine ich nicht!«

»Sind wir uns davor schon mal begegnet?«

Ich setze mich aufrecht hin, sodass ich auf Valentin hinunterschauen kann.

»Oh. Sind wir wohl.« Valentin sieht mich von unten mit seinem *Versteh-einer-die-Frauen*-Blick an.

»Ja, sind wir! Allerdings!«

»Wo denn, in der Schule, oder was?«

»Du hast mich zum Bioraum gebracht.«

Valentin sieht mich verständnislos an.

»Da war ich in der fünften.«

Schweigen.

Los, sag: Ach DU warst dieses entzückende kleine Mädchen! Das mit uns muss Schicksal sein! Und küss mich. Ganz sanft und erst mal ohne Zunge.

»Ich versteh nicht, warum dir das so wichtig ist.« Valentin stellt *Lethal Explosions* lauter und legt seinen Arm um mich.

Einen Moment später habe ich wieder seine Zunge im Mund. Und seine Hand unter meinem Pullover.

Es kostet mich einige Beherrschung, um nicht schon im Bus auf der Fahrt nach Hause zu heulen. Die Schmetterlinge haben ganz nasse, verklebte Flügel. Gerade als ich merke, dass die Tränen jetzt gleich kommen, sehe ich durch die Scheibe etwas, was mich so überrascht, dass ich die Tränen problemlos runterschlucken kann: An der Haltestelle, die der Bus gerade anfährt, stehen Anke und Lara. Und reden. Als der Bus hält, umarmt Lara Anke, und Anke steigt ein. Habe ich das wirklich gesehen? Oder zu viel Eierlikör intus?

Ankes Blick, als sie mich einen Moment später entdeckt, sagt mir, dass ich keine Halluzinationen hatte. Anke sieht ziemlich erschrocken aus. Und irgendwie schuldbewusst. »Hallo.« Sie setzt sich neben mich. »Hallo.« Eine ganze Weile sagen wir beide nichts. »Weißt du«, fängt Anke dann an, »Lara ist gar nicht so blöd, wie wir immer dachten. Sie interessiert sich auch für Soziologie.« »Ach ja?« »Ja, sie wollte richtig viel darüber wissen.« Das muss ich erst mal sacken lassen. »Was habt ihr denn gemacht?«, frage ich dann. »Wir waren im *Casa*, was trinken.«

Den Rest der Fahrt schweigen wir.

Ich kann nicht fassen, dass ich neben einer meiner besten Freundinnen sitze, den Tränen nah bin und ihr nichts erzählen kann. Warum eigentlich? Anke ist es doch völlig egal, ob ich oder Georgina was mit Valentin haben. Aber das ist es nicht. Irgendwie traue ich Anke nicht mehr so richtig.

Der Schnee verwandelt sich in Schneeregen, sodass ich klatschnass zu Hause ankomme. Im Schlafanzug und mit einem Handtuch um den Kopf setze ich mich an den Computer. Ich will neue tolle Lobeshymnen von *Vale* lesen, das würde mich trösten. Tatsächlich gibt es drei neue Kommentare:

Die sogenannte »Hohe Schule« ist eine widerliche Klitsche, in der sie noch nicht mal eine Kartoffelsuppe hinbekommen. Das kommt im Video ja ganz witzig, aber da essen? Ich rate dringend ab. – gourmet84

Was?

Da bin ich gleich zwei Mal gewesen: das erste und das letzte Mal. Schlechter Service und furchtbares Essen. »Sitzenbleiber« wäre als Name passender. – Garnele5

Waaaas?

Mein Tipp: Das Guerilla-Restaurant »Um Klassen besser«. Wirklich um Klassen besseres Essen und super-charmanter Service, ein Volltreffer! – weinfreak

Ich starre auf die Kommentare. Wie können die schlecht über uns schreiben, wo wir noch gar nicht eröffnet haben? Das ist ganz klar Verleumdung. Ich gehe auf die Guerilla-Restaurant-Seite und suche nach *Um Klassen besser*. Tatsächlich, da steht es: Um Klassen besser, Gehobene deutsche Küche, nächstes Dinner: Mittwoch, 19 Uhr.

Ich klicke auf Zum Dinner anmelden und gebe meine Mailadresse ein. Fünf Minuten später habe ich eine Nachricht im Postfach. Absender: Um Klassen besser. Inhalt: Treffpunkt 18.55 Uhr, Schloßstraße, Ecke Albertstraße.

Eine Straßenecke von unserer Schule entfernt.

Ich kann kaum schlafen, weil ich immer wieder darüber nachdenke, wer hinter *Um Klassen besser* stecken könnte. Vielleicht ist es ein Zufall, dass deren Restaurant bei uns um die Ecke ist? Oder machen sie uns genau deshalb im Internet fertig, weil sie keine Konkurrenz in der Umgebung wollen? Und dann ist da noch die Frage, wie ich Georgina das Ganze schonend beibringen soll. Ich hoffe, sie trägt es mit Fassung.

»UM KLASSEN BESSER?«, schreit Georgina. »*Um Klassen besser? Was für ein komplett bescheuerter Name! Was fällt denen ein?*« Georgina brüllt so, dass sich in der Pausenhalle die Leute nach uns umdrehen. »Pscht.«

»Pscht mich nicht an!«

»Und du schrei mich nicht an!«

Georgina sieht mich überrascht an. »Okay«, sagt sie sehr viel ruhiger.

Ich nicke. »Ist in Ordnung. Pass auf, ich gehe heute Abend zu dem Treffpunkt und kriege raus, wer dahintersteckt. Danach rufe ich dich gleich an.«

Weil Paula heute nicht in der Schule ist, habe ich große Hoffnung, dass auch das Mathelernen am Nachmittag ausfällt. Aber in der letzten Stunde bekomme ich eine SMS von ihr: **Bin nur erkältet und soll bei dem Schneeregen nicht raus, wir können gerne trotzdem Mathe lernen! <3-liche Grüße Paula** Wie aufopferungsvoll von der lieben Paula. Grrrr.

Paula begrüßt mich schniefend mit einem Taschentuch in der Hand. Wenn sie mich jetzt auch noch ansteckt, reicht es mir komplett. »Hallo«, hustet Paula. Ich mache einen Schritt zurück. »Hallo.«

Als wir mit zwei Bechern heißem Tee in Paulas Zimmer sitzen und ich mein Mathebuch aufschlagen will, sagt Paula: »Ich muss dich noch was fragen.« Ich schaue auf. Paula schnäuzt sich in ihr Taschentuch. Widerlich. Erkältete Leute sind einfach nur widerlich. »Also, es ist mehr eine Bitte als eine Frage.« Paula knetet ihre Rotzfahne zwischen den Fingern.

»Ja?«

»Würdest du Valentin für Samstag einladen?«

Hä?

»Warum willst DU, dass ich Valentin zu unserem Dinner einlade?«

Paula sieht mich mit wässrigen Augen an und zieht ihren Rotz in der Nase hoch. Ekelhaft.

»Georgina hat mich gebeten, dass ich Valentin einlade.«

Doppel-Hä?

Paula formt aus ihrem Taschentuch einen langen Wurm und steckt ihn in ihr Nasenloch.

»Sie will Tom einladen, diesen Typen, den sie beim scheuen Chef kennengelernt hat. Sie meint, Valentin wäre enttäuscht, wenn er gar nicht eingeladen wird.«

Aha.

»Aber ich kenne Valentin überhaupt nicht! Der wundert sich doch total, wenn ich ihn jetzt plötzlich einlade. Du hast doch irgendwie mehr mit ihm zu tun.«

Oho. Das merkt man also doch.

»Georgina«, sage ich, »ist wirklich das intriganteste Weib, das ich kenne.« »Pia!« Paula kriegt direkt einen Hustenanfall. »Aber okay. Ich mach's.« »Danke!« Paula sieht gleich etwas gesünder aus. Ich blättere im Mathebuch nach der richtigen Seite. »Machen wir jetzt endlich Mathe?« Paula wirft ihre gesammelten zerknüllten Rotzfahnen in den Mülleimer. »Ja, Moment, wir warten noch auf –« Es klingelt. »Da ist er ja schon!« Paula springt auf und ist verschwunden.

Einen Moment später kommt sie mit Hannes zurück.

»Hallo, Pia.«

Hannes bleibt unschlüssig mitten im Zimmer stehen.

»Hallo.«

Paula zieht ihren Schreibtischstuhl an das Sofa heran und zeigt darauf. »Setz dich.« Hannes lässt sich auf den Stuhl fallen und sieht mich an. »Paula hat mir nach dem Desaster letzte Stunde angeboten, mit euch Mathe zu lernen.« Zumindest Hannes scheint klar zu sein, dass seine Anwesenheit hier erklärungsbedürftig ist. »Das ist doch okay für dich, Pia.« Paulas Stimme klingt gar nicht, als wäre das eine Frage. Sie ist definitiv zu viel mit Georgina zusammen. Hannes sieht mich erwartungsvoll an.

»Klar, ich freu mich, wenn Hannes dabei ist!«

Hannes strahlt.

Und ist noch dümmer, als ich bisher dachte. Wobei, »dumm« ist eigentlich etwas ungerecht ausgedrückt. »Mathe-dumm« trifft es besser. Hannes kapiert tatsächlich noch weniger als ich und wird mir immer sympathischer. Es kommt sogar so weit, dass ich ihm was erklären kann. I C H erkläre jemandem Mathe! Ich wünschte, Herr Kröve wäre hier.

»Ich glaube, ich habe eine Dyskalkulie«, sagt Hannes auf dem Weg zum Bus. Er sieht ziemlich verlegen aus. »Ach was, ich glaube, du bist nur einseitig begabt. Mehr – äh – musisch oder so.« Hannes lacht. »**Grüß Georgina von mir**«, singe ich mit Hannes' Melodie, »**grüß Georgina von mir, und vergiss nicht, grüße meine Georgina von mir.**« Hannes trällert mit. Die Leute an der Bushaltestelle starren uns an. »Euch geht's wohl zu gut, was?«, zischt uns ein Mann in einem karierten Wollmantel an. Hannes macht ein Gesicht, als würde er ernsthaft über die Frage nachdenken. »Ich glaube, da haben Sie völlig recht«, sagt er dann zu dem Mann und strahlt ihn so an, dass der Mann schließlich auch anfängt zu lächeln. Hannes dreht sich zu mir. »Kommst du noch mit ins *Casa*?« Ich schaue auf die Uhr. Bis zum *Um Klassen besser*-Treffen ist es noch eine Stunde. Nach Hause zu fahren lohnt sich eigentlich eh nicht. »Okay.« Hannes strahlt noch mehr.

Natürlich sprechen wir über Herrn Kröve, als wir im *Casa* sitzen. »Und wenn er ungefähr so schaut«, Hannes verzieht das Gesicht und erzeugt damit einen Original-Herr-Kröve-Ausdruck, »dann überlegt er gerade, ob er Lust hat, gleich jemanden an der Tafel auseinanderzunehmen. Und wenn er so schaut«, Hannes kriegt einen starren Blick, »dann hat er sich für einen von uns beiden entschieden.« Ich lache.

»Du kennst Herrn Kröve echt in- und auswendig.«

»Wenn du deinen Feind kennst und dich selbst kennst, brauchst du das Ergebnis von hundert Schlachten nicht zu fürchten.«

»Sagt wer?«

»Sun Tzu, der Autor von *Die Kunst des Krieges*. Der hat so um 500 vor Christus gelebt.«

»Woher weißt du denn so was?«

Hannes wird rot.

»Also, ehrlich gesagt gab's über den mal eine Fernsehdoku.«

Der Kellner bringt unseren Tee. Hannes rührt in seinem Becher. »Bei mir hat das mit Mathe ja schon in der Grundschule angefangen. Erinnerst du dich noch, wie ich beim Eckenrechnen immer in der Ecke kleben geblieben bin? Ich stand noch am Anfangspunkt, da wart ihr anderen schon zwei Mal rum.«

Wie: Erinnerst du dich? Ich sehe Hannes an.

»Bei Frau Stölze.«

Ähm.

»In der Grundschule!«

»Stimmt.«

Plötzlich sehe ich den kleinen Hannes vor mir, wie er in seiner Ecke steht und verzweifelt irgendwelche Ergebnisse in den Raum brüllt, um endlich eine Ecke weiter zu kommen. Das Spiel hat mir damals total Spaß gemacht, weil man sich beim Rechnen auch ein bisschen bewegen konnte: Wer ein Ergebnis wusste, durfte eine Ecke weiter rennen. Und wer am meisten Runden um die Klasse schaffte, hatte gewonnen. Mir fällt erst jetzt auf, wie grausam das für die ist, die nichts rauskriegen und für immer in ihrer Ecke gefangen bleiben. Ich schütte mir jede Menge Zucker in meinen Tee, um Hannes nicht ansehen zu müssen. Wie konnte ich vergessen, dass Hannes und ich seit der ersten Klasse zusammen zur Schule gehen?

»Pia?«

»Hm?«

»Was denkst du?«

»Nichts.«

Hannes sieht enttäuscht aus.

Ich werfe einen Blick auf die Uhr. Halb sieben. »Ich muss bald los.«

»Schade.«

»Ja, ich – muss ganz dringend was rausfinden.«

Und dann – ich weiß selbst nicht, warum – erzähle ich Hannes die ganze Dinner-Club-Geschichte, von der Entdeckung des Kellers über unsere Koch-Katastrophen und den scheuen Chef bis zum *Um Klassen besser*.

»Ich komme mit.« Hannes steht auf und zieht sich die Jacke an.

Ich habe nichts dagegen.

Es ist Viertel vor sieben, als wir an der Straßenecke ankommen. Ich sehe mich um. »Am besten, wir verstecken uns in der Telefonzelle.« Hannes nickt. »Dass es so was überhaupt noch gibt! Ich glaube, die hat uns da jemand extra als Versteck hingestellt.« In der Telefonzelle stinkt es barbarisch. Ein Telefon gibt es auch nicht mehr wirklich. Weil wir so dicht nebeneinanderstehen, mischt sich in den Telefonzellengestank nach und nach ein Hannes-Geruch. Die Schmetterlinge heben die Köpfe und schnuppern. Ganz ruhig, sage ich ihnen, das ist bloß Hannes. »Da!«, flüs-

tert Hannes, »es kommt jemand.« Ich schaue über Hannes'
Schulter durch die verschmierte Scheibe der Telefonzelle.
An der Ecke stehen zwei Gestalten. Zwei Mädchen. »Mareike und Leonie«, flüstert Hannes. Er hat recht. Ich fasse es
nicht. Und dann wird mir klar, dass damit mein Plan erledigt ist. »Scheiße, wie soll ich jetzt zu deren Dinner gehen?
Die lassen mich doch gar nicht rein.«

»Ich gehe.«

Hannes will schon die Tür zur Telefonzelle aufmachen,
aber ich ziehe ihn an der Jacke zurück. »Meinst du, die nehmen dir ab, dass das Zufall ist? Glaub ich nicht.« »Warum
nicht? Deine Videos hab ich doch auch zufällig …« Hannes
bricht ab.

Hannes.

Hannes ist Vale.

Hannes Valetzky.

Ich versuche, die Riesen-Erkenntnis-Lawine in meinem
Kopf anzuhalten und darüber nachzudenken, was jetzt im
Moment wichtig ist. Bei Mareike und Leonie stehen inzwischen drei andere Leute, die ungeduldig auf der Stelle treten
und in ihre Hände pusten. »Wir brauchen jemanden, der
neutral ist.« Ich denke nach. Papa. Aber wenn ich ihn jetzt
anrufe, sind Mareike und Leonie längst weg, wenn er hier
ankommt. Dann fällt mir Wiebkes Visitenkarte in meiner
Manteltasche ein. Wiebke hat hier gleich *Bauch, Beine, Po*!
Ich fummele mein Handy und die Visitenkarte aus der Tasche und wähle Wiebkes Nummer. Es tutet. »Es tutet«, sage
ich zu Hannes. »Aha«, sagt Hannes.

»Ja, hallo?«

»Ja, hallo Wiebke, hier ist Pia –«

»**PIAWieschöndassdudichmeldestichdachteschondu-
wärstsauerwegenderSacheimSupermarkthastduwieder-
deinenKochkurssollenwirnachherwastrinkengehen** –«

»Wiebke!«

»Ja?«

Wie hält Papa das nur aus?

»Bitte hör mir einfach zu. Ich brauche ganz, ganz dringend deine Hilfe. Wie schnell kannst du an der Ecke Schloßstraße, Albertstraße sein?«

»Da laufe ich gerade direkt drauf zu, warum?«

»Da stehen fünf Leute. Bitte geh zu denen hin, sag *Um Klassen besser* zu ihnen und mach einfach alles mit, was die tun.«

»Was?«

»Bitte, Wiebke, es geht um Leben und Tod! Ich warte dann im *Café Casablanca* auf dich!«

Wiebke schweigt.

Dann sehe ich sie auf der Schloßstraße laufen, direkt auf den Treffpunkt zu.

»Pia? Da sind sie. Also nachher im *Casablanca*, ja?«

»Ja! Danke!«

Wiebke legt auf.

Sie sagt etwas zu Mareike. Dann trottet die ganze Gruppe los.

Hannes und ich warten noch einen Moment, bis wir ganz sicher sind, dass Mareike und Leonie nicht noch mal zurückkommen. Dann gehen wir ins *Casa* und setzen uns an den gleichen Tisch wie vorhin. Der Kellner sieht uns erstaunt an.

Als Wiebke mit rotem Gesicht und ganz aufgeregt an unserem Tisch steht, kann ich gar nicht glauben, dass wirklich zwei Stunden vergangen sind. Wiebke setzt sich zu uns. »Also, wozu auch immer das jetzt gut war, es hat jedenfalls köstlich geschmeckt!« Sie winkt dem Kellner: »Ein großes Bier, bitte!«, und redet im gleichen Atemzug weiter: »Als Vorspeise gab es lauwarmen Kartoffelsalat schwäbische Art, als Hauptgang Schweinebraten auf Schwarzwurzelgratin und als Nachspeise Mandel-Zimt-Parfait. Es war köstlich, einfach köstlich! Danke!« Wiebke nickt dem Kellner zu, der ein großes Glas Bier vor sie stellt. »Prost!« Als Wiebke trinkt, kommt meine Chance, auch mal was zu sagen. »Wo ist denn das Restaurant?« Wiebke wischt sich den Schaum vom Mund und stellt ihr Glas ab. »Na, da, wo auch euer VHS-Kurs stattfindet, in der Schulküche.« Hannes und ich sehen uns an. »Und da haben vier Mädchen gekocht?« Wiebke nickt. »Ja, die sehen übrigens aus wie geklont. Alle hellblond. Und alle tragen die gleichen Schürzen. So ganz entzückende pinke Teile mit Rüschen dran.« »Unverschämt«, murmelt Hannes. Wiebke beachtet ihn nicht weiter. »Und dann war da noch so ein kleiner dicker Typ, der ständig alle angeschrien hat, sogar die Gäste!« »Der scheue Chef«, sagt Hannes. Wiebke sieht ihn erstaunt an. »Ja, genau, so hat er sich genannt. Der kommandiert die Mädchen auf eine Art herum, das ist unglaublich. Dass die sich das gefallen lassen!« Bei der Vorstellung, wie Valeska vom scheuen Chef abgekanzelt wird, muss ich lachen. Hannes auch. »Aber jetzt«, sagt Wiebke, »will ich wissen, warum ich da überhaupt war. Hat mich immerhin dreißig Euro gekostet.« Für einen Moment zögere ich. »Also«, sage ich dann, »eigentlich ist das nicht direkt ein VHS-Kurs, den wir da veranstalten.«

Ich rufe Georgina noch aus dem Bus an. Nach fünfmal Klingeln geht ihre Mailbox dran. »Georgina«, sprech ich darauf, »ich weiß jetzt Bescheid. Bitte ruf mich ganz dringend zurück.« Als ich aufgelegt habe, fällt mir Valentin ein. Ich sollte ihn ja für Samstag einladen. In meiner großzügigen Stimmung wähle ich seine Nummer. Zum ersten Mal spüre ich keine Spur von Aufregung mehr dabei. Valentin nimmt sogar ab. »Hi, Valentin«, sage ich, »ich wollte dich nur für unser Dinner am Samstag einladen.« Valentin schweigt für einen Moment. »Danke«, sagt er dann, »ich komme vielleicht darauf zurück. Ich warte erst mal ab, ob Georgina mich noch einlädt.«

Arschloch.

»Na klar, kein Problem, bis dann!«, sage ich mit meiner süßesten Stimme.

Kaum habe ich aufgelegt, da klingelt mein Handy schon wieder. »Ist das hier 'n Bus oder 'ne Telefonzentrale?«, murmelt der Mann vor mir in seinen Schal. Natürlich so, dass ich es hören kann. Ich ignoriere ihn.

»Hallo, Georgina, ich habe –«

»Es ist was Schreckliches passiert.«

Hä? Weiß Georgina schon alles?

»Oma ist im Krankenhaus. Wir fliegen morgen gleich hin. Meine Mutter hat schon in der Schule angerufen.«

Ich höre an Georginas Stimme, dass sie geweint hat.

»Kannst du das Dinner am Samstag absagen? Ich schicke dir die Liste mit den Mailadressen von den Gästen. Und kannst du Valentin sagen, dass wir den Schlüssel jetzt doch nicht brauchen?«

Georginas Stimme rutscht ab. Aber bevor mir etwas Tröstliches eingefallen ist, hat sie schon aufgelegt.

PAULA BEGRÜSST MICH vor der Schule mit Trauermiene. Offenbar weiß sie schon Bescheid. »Ist das nicht schrecklich, Pia? Die arme Georgina! Nicht nur, dass sie sich um ihre Oma sorgt, jetzt ist auch noch *Die Hohe Schule* erledigt. Das war doch Georginas Traum!« Paula seufzt. »Wenn sie wieder da ist, müssen wir sie trösten, so gut wir können.« Zum ersten Mal habe ich nicht das Bedürfnis, Paula ihr Georgina-Gefasele zurück ins Maul zu stopfen. »Paula«, sage ich, »ich muss dir was Wichtiges erzählen.«

Wir sitzen noch unter der Treppe, als es schon längst zur ersten Stunde geklingelt hat. »Aber woher kennen Valeska und die anderen den scheuen Chef?«, sagt Paula. Ich schüttele den Kopf. »Ich kann's mir auch nicht erklären.« »Egal.« Paula haut mit der Faust auf den Boden. »Wir können uns das auf jeden Fall nicht gefallen lassen. Wir müssen *Die Hohe Schule* verteidigen.« Ich schaue in die leere Pausenhalle. »Vergiss es. Dass wir das Dinner am Samstag so kurzfristig absagen, spricht sich doch sofort rum. Wir werden nie wieder irgendwelche Reservierungen bekommen.« »Dann sagen wir eben nicht ab.« »Und kochen zu zweit ein Dreigängemenü, oder was?« Jetzt ist Paula erst mal still. Langsam wird mir auf dem Steinfußboden kalt.

»Vielleicht machen Jule und Anke ja doch wieder mit?«
Paula flüstert fast. Wir schweigen. Unglaublich, wie still es
in der Pausenhalle sein kann. »Sie kommen heute Abend
zu mir«, sage ich dann. Wieder Schweigen. Aus irgend-
einem Gang hört man Schritte, die erst lauter und dann
leiser werden. Dann ist es wieder still. »Aber auch wenn
sie mitmachen, kriegen wir kein ordentliches Menü hin.
Ich sage nur: der Kartoffelsuppen-Reinfall. Wir bräuchten
auf jeden Fall noch mal ein paar Nachhilfestunden.« Paula
rutscht plötzlich aufgeregt hin und her. »Das ist es!« »Was?«
»Dein Vater gibt uns Nachhilfe!« Paulas Stimme hallt von
den Wänden, so laut spricht sie. »Pass auf: Du sagst deinem
Vater, er soll heute Abend zu dir kommen. Aber so, als wäre
es Zufall, dass er vorbeikommt, wenn Jule und Anke gerade
da sind. Und dann kocht ihr zusammen noch mal das Risotto.« »Und du?« »Ich komme auch zufällig vorbei.« »Sind
das nicht etwas sehr viele Zufälle?« Paula sieht mich lange
an. »Lass es uns wenigstens versuchen.« Für einen Moment
spiele ich mit dem Gedanken, Paulas Plan eine Chance zu
geben. »Nein«, sage ich dann. »Nein?« »Der ganze Streit
der letzten Wochen ist durch solche idiotischen Pseudo-
Überraschungsaktionen entstanden. Damit ist jetzt Schluss.
Ich frage Jule und Anke einfach direkt, ob sie uns helfen,
Die Hohe Schule zu retten.«

Meine Heldenhaftigkeit hält bis zur nächsten großen Pause
an. Als ich Jule und Anke gegenüberstehe, erscheint mir
Paulas Plan plötzlich doch gar nicht so schlecht. Erst mal
erzähle ich den beiden von Georginas Großmutter.

»Das ist ja schrecklich«, sagt Anke.

»Tut mir echt leid für Georgina«, sagt Jule.

Jetzt oder nie. »Und *Die Hohe Schule* ist auch am Ende.«
»Warum?«, fragt Jule. Anke sieht nicht besonders interessiert aus. »Weil der scheue Chef mit Valeska, Leonie, Mareike und Lara ein Konkurrenz-Restaurant gegründet hat. In unserer Küche.« »Der scheue Chef?« Jule wird richtig rot im Gesicht. »Der Arsch.« »Ist das dieser cholerische Koch?«, fragt Anke. Jule nickt. »Der ist das größte Arschloch, das ich je getroffen habe.« Ich wittere meine Chance. »Wenn wir Samstag absagen, sind wir erledigt. Das geht im Internet sofort rum. Dann lassen wir den scheuen Chef gewinnen, ohne überhaupt gekämpft zu haben.« »Der Chauvi-Arsch«, sagt Jule und dann: »Okay. Ich bin wieder dabei.« Ich kann es gar nicht glauben, das ging fast zu leicht. »Anke?« Anke verschränkt die Arme. »Das ist immer noch illegal.« »Bitte hilf uns nur dieses eine Mal.« Jule und ich sehen Anke an, bis sie die Arme sinken lässt und seufzt. »Na gut.«

Fehlt nur noch Papa. An sein Handy geht er nicht. Und bei ihm zu Hause erreiche ich nur Wiebke. »Okay«, sagt sie, als ich ihr erzählt habe, was wir planen, »ich schicke dir Manni vorbei. Mit Zutaten für Kürbisrisotto. So um sieben?«

Sie schickt mir Manni vorbei. Gut, dass Mama nicht mithört. Und noch besser, dass sie Nachtschicht hat.

Nachmittags bin ich so nervös, dass ich kaum still sitzen kann. Wenn das heute Abend eine Katastrophe wird, ist alles verloren. Und es war bisher jedes Mal eine Katastrophe, wenn wir zusammen gekocht haben. Zur Ablenkung gehe ich auf das Guerilla-Restaurant-Portal und sehe mir das Profil von *Um Klassen besser* an. Leider haben sie seit gestern mehrere neue begeisterte Kommentare bekommen. Sogar die pinken Schürzen werden gelobt. Grrrrr.

Als ich schließlich um kurz nach sieben mit Anke, Jule, Paula und Papa in der Küche stehe, wünschte ich, Paula hätte niemals diese idiotische Idee gehabt. Papa zieht natürlich seine Horst-Lichter-Show ab, inklusive einem schlecht imitierten rheinischen Dialekt. Er hat alle Zutaten wie auf einer Bühne auf dem Küchentisch aufgereiht und hält uns seinen Reissorten-Vortrag. Ich schäme mich zu Tode. Und verstecke mich hinter der Kamera.

Jule, Anke und Paula hören tatsächlich ganz aufmerksam zu und lachen sogar an den richtigen Stellen. Ich beginne, mich zu entspannen. Bis wir anfangen zu kochen. Papa schreit zwar nicht so rum wie Georgina, aber er lässt uns auch gar nicht erst irgendetwas selber machen. Seltsamerweise scheint das die anderen überhaupt nicht zu stören: Sie hören weiter zu und schreiben sogar mit. Ich merke, wie Papa sich immer mehr in seiner Rolle gefällt. Es würde mich nicht wundern, wenn er gleich anfängt, mit Töpfen zu jonglieren oder so.

Aber das bleibt mir erspart. Obwohl ich einen Moment später nichts lieber hätte als einen mit Töpfen jonglierenden Papa.

Mama kommt nach Hause.

»Pia-Schatz, ich bin schon da! Der Chef hat mich nach

Hause geschickt, weil ich von einem Betrunkenen mit einer Machete …«

Mama ist in der Küche angekommen.

»MANFRED?«

Sie bleibt in der Tür stehen.

Papa friert in seiner letzten Bewegung ein. Er steht mit dem Kochlöffel in der Hand da und bewegt sich nicht. »Was fällt dir ein«, sagt Mama sehr leise, dann brüllt sie los: »WAS FÄLLT DIR EIN, IN MEINE WOHNUNG EINZUDRINGEN? DU ARSCHLOCH, DU …« »Mama!« Mama presst die Lippen aufeinander. Jule, Anke und Paula sitzen wie versteinert auf ihren Stühlen und starren sie an. Papa löst sich aus seiner Starre, drückt mir den Kochlöffel in die Hand, sagt »Rühren« und geht auf Mama zu. »Entschuldige, ich wollte nicht …« »Du wolltest noch nie irgendwas!« Mama bricht in Tränen aus und knallt die Küchentür zu. Man hört sie über den Flur stampfen. Papa nimmt seine Schürze ab und geht ihr hinterher.

In der Küche herrscht Stille.

»Tja«, sagt Jule irgendwann, »sollen wir vielleicht mal essen? Ist das Risotto fertig, Pia?« Mir fällt erst jetzt auf, dass ich seit Ewigkeiten in dem blöden Topf rumrühre. Ich schaue hinein. Das Risotto sieht genauso aus wie bei Papa immer. Paula deckt den Tisch und Anke schenkt uns Wein ein.

»Auf *Die Hohe Schule*«, sagt Paula, als wir am Tisch vor unseren vollen Tellern sitzen. »Und auf Pias Vater«, sagt Jule. »Und auf ihre Mutter«, sagte Anke. Ich möchte im Erdboden versinken.

Zum Glück ist kein Geschrei mehr aus dem Wohnzimmer zu hören. Es kommt mir fast vor, als würde ich Mama immer wieder lachen hören. Und irgendwann kommt ein strahlender Papa in die Küche. »Ich hol Mama und mir mal ein bisschen was zu essen und ein Glas Wein.«

Arme Wiebke.

»**ALSO, REIN THEORETISCH** ist mir jetzt alles klar«,
sagt Anke vor Erdkunde zu mir, »aber wir müssen das unbedingt noch mal selbst ausprobieren.« Jule nickt. »Okay«,
sage ich, »ich besorge für heute Abend den Kellerschlüssel.«
Paula dreht sich zu mir um. »Haben wir noch genug Zutaten?« Valeska hebt den Kopf. Ich flüstere. »Nein, wir müssen einkaufen.« Die anderen nicken.

In der großen Pause gehe ich direkt zu Valentin. Inzwischen
ist mir vollkommen egal, ob er mich in der Schule kennen
will oder nicht. Ich brauche einfach nur den Kellerschlüssel.
»Hallo, Pia!« Valentins Freunde mustern mich von oben bis
unten. Einer pfeift sogar durch die Zähne. Idioten. »Hallo, Valentin, ich wollte – « »*Lethal Explosions* 3 ist schon ausgeliehen.
Kannst heute Nachmittag vorbeikommen, um sechzehn Uhr
fünfzehn.« »Äh, toll. Kannst du mir den Kellerschlüssel geben?«

»Und was krieg ich dafür?«

Valentins Freunde lachen.

»Überraschung. Gedulde dich bis heute Nachmittag.«
Ich zwinkere ihm übertrieben zu. Noch lauteres Pfeifen.

Valentin kramt in seiner Hosentasche und legt mir dann den Schlüssel in die Hand.

»Den Schlüssel«, sage ich, als ich mit den anderen unter der Treppe sitze, »haben wir schon mal.« »Gut.« Paula klatscht in die Hände. »Also steht unserem Dinner nichts mehr im Wege.« »Außer«, sagt Jule, »dass wir keine Zutaten mehr haben.« »Ich hab ja gesagt, wir müssen einkaufen gehen.« Manchmal verstehe ich echt nicht, warum Jule immer so negativ ist.

»Von welchem Geld?«

Das ist allerdings eine gute Frage.

»Also, ich würde mein Taschengeld beisteuern.«

Das war Anke.

»Ich auch.«

Paula.

»Ich sowieso«, sage ich.

Jule sieht uns an. »Na gut. Aber wenn wir Gewinn machen, kriegen wir das Geld zurück!«

Mit dem Bus brauchen wir ewig von der Schule zu dem italienischen Supermarkt. Als wir endlich da sind, sehen die anderen ziemlich skeptisch aus. »Seid ihr sicher, dass wir da reindürfen? Das sieht so … inoffiziell aus.« »Ganz sicher.« Ich gehe vor. Eine nach der anderen kommen auch Jule, Anke und Paula zögerlich durch den vergilbten Plastikvorhang. »Wow, das würde man ja niemals dahinter vermuten!« Die anderen wollen direkt losstürmen, aber ich halte sie auf. »Moment, wir müssen systematisch vorgehen! Ich hab vorhin in Erdkunde eine Liste geschrieben, die so ungefähr der Reihenfolge der Regale hier entspricht.«

Wir stehen schon mit unserem Einkaufswagen an der Kasse, als mir auffällt, dass uns etwas sehr Wichtiges fehlt: die getrockneten Blüten. Mist. Papa hat letzte Woche die letzten vier Packungen gekauft. Ich probiere es trotzdem. »Hätten Sie vielleicht«, sage ich zu dem Kassierer, »noch etwas von den getrockneten Blüten da? Ich weiß, sie haben eigentlich letzte Woche die letzten vier Packungen verkauft, aber vielleicht –« »Die letzten Packungen?« Der Kassierer lacht und sagt etwas auf Italienisch in sein Mikrofon. Einen Moment später steht ein anderer Verkäufer mit einem riesigen Pappkarton neben der Kasse. Der Karton ist voll mit getrockneten Blütenblättern. Ich nehme drei Packungen heraus. »Komisch, mein Vater hatte gesagt, das wären die letzten.« »Ach, dein Vater?« Der Verkäufer scheint mich erst jetzt zu erkennen. »Signore Pfizer? Das habe ich ihm nur gesagt, damit er sich freut! Er liebt Raritäten, unser Signore Pfizer!« Der Verkäufer und der Kassierer lachen. »Bitte verrat ihm nichts!« Ich schüttele den Kopf.

»Muss ich das verstehen?«, fragt Jule, als wir mit unseren Einkäufen vor dem Supermarkt stehen. »Nein.« Ich sehe auf die Uhr. »Ich würde sagen, jeder nimmt was von den Sachen mit nach Hause, und wir treffen uns um fünf an der Schule, okay?« Die anderen nicken und sind dann schneller verschwunden, als ich schauen kann.

Zu Hause öffne ich Georginas Mail mit den Adressen unserer Gäste. Es haben sich fünf Leute angemeldet. Ich schicke an alle eine Mail mit Treffpunkt und Uhrzeit: **Samstag, 18.50, Ecke Schlossstraße / Albertstraße.**
Jetzt wird's ernst.

Als ich um fünf mit Jule und Paula vor dem Hintereingang der Schule auf Anke warte, habe ich schon vier Nachrichten von Valentin auf dem Handy. Nummer eins, von 16.20 Uhr:

Wo bleibst du? Unpünktliche Nachhilfeschülerinnen kriegen Ärger mit mir ☺

Nummer zwei, von 16.32 Uhr:

Ich stelle gleich den Film an, beeil dich! Eierlikör ist auch kalt gestellt …

Nummer drei, von 16.47 Uhr:

Beeil dich, Baby!

Baby. Die Schmetterlinge kotzen.

Nummer vier, von 16.50 Uhr:

Vergiss es, hab Besseres zu tun, als auf dich zu warten. Val

Sehr schön. Ich habe auch Besseres zu tun.

»Meint ihr, Anke kommt nicht?« Paula pustet sich in die Hände. »Die kommt ganz bestimmt«, sagt Jule, »da lege ich meine Hand für ins Feuer.« »Feuer klingt gut.« Paula pustet noch fester.

Eine Viertelstunde später sind wir auf dem Boden festgefroren, und Anke ist immer noch nicht da. »Gehen wir rein?«, fragt Paula. Jule und ich nicken traurig. »Hätte ich nicht gedacht«, sagt Jule. Zum Glück ist der Code der Alarmanlage immer noch Georginas Geburtsdatum. Die Anlage piept freundlich, und dann taucht Anke auf, so als hätte sie nur auf dieses Signal gewartet. Sie ist völlig außer Atem. »Entschuldigt, ich bin Lara einfach nicht losgeworden!« Paula und Jule sehen Anke überrascht an. »Erklär ich euch gleich drinnen«, sagt Anke. Ich schließe die Tür auf.

»Also«, sagt Anke. Wir sitzen zusammen an dem langen Eichentisch. »Ich hab Lara ausgehorcht. Sie hat mir alles erzählt. Die ist so was von dumm.« Das klang letztens noch ganz anders, will ich fast sagen, aber dann wird mir klar, dass das jetzt wirklich vollkommen egal ist. »Ja, und weiter?«, fragt Jule ungeduldig. »Es gab irgendwie so einen Plan, uns auseinanderzubringen. Dazu hat Valeska sich an Pia rangewanzt, Lara war auf mich angesetzt, und Mareike sollte Jule bearbeiten.« Jule haut auf den Tisch. »Deshalb hat die mich ständig angequatscht!« Anke redet weiter. »Lara ist sauer auf Valeska, weil sie den Eindruck hat, dass Valeska plötzlich wirklich mit Pia befreundet sein will.« Ich kann mich nicht dagegen wehren: Das freut mich. »Lara ist total eifersüchtig, glaube ich«, sagt Anke. Paula trommelt mit den Fingern auf dem Tisch. »Und wie sind die jetzt mit dem scheuen Chef zusammengekommen?« »Sie haben uns beschattet.« »Beschattet!« Jule lacht. Anke nickt. »O-Ton Lara. Jedenfalls sind sie dabei dem scheuen Chef in die Arme gelaufen, als der aus unserer Küche kam. Er hat sie ausgefragt, wer sie sind, und sie haben ihm erzählt, dass sie hier zur Schule gehen. Am nächsten Tag hat er nach der Schule auf sie gewartet und ihnen angeboten, mit ihm zu kochen. In unserer Küche.« Ich kann gar nicht glauben, dass Anke wirklich **unsere** Küche sagt.

»Und wie sind die hier reingekommen?«, fragt Jule.

»Valentin«, sage ich.

Die anderen sehen mich an. »Valentin ist Valeskas Bruder. Stiefbruder. Die beiden haben unterschiedliche Nachnamen, deswegen kapiert das keiner.« Jule pfeift durch die Zähne. »Also hat Valentin die hier an den Abenden reingelassen, an denen wir nicht da waren. Deswegen wollte der zum Schluss den Schlüssel kaum noch rausrücken. Weil Valeska und die anderen ihn hatten.« Anke nickt. »Die anderen sind übrigens total sauer auf den scheuen Chef. Der lässt sie nur Hilfsarbeiten machen und schreit sie die ganze Zeit an.« Jule lacht. »Geschieht ihnen recht.«

»Wie wär's«, sagt Paula, nachdem wir uns eine ganze Weile über den scheuen Chef, Valeska und die anderen aufgeregt haben, »wenn wir jetzt mal kochen würden?« Wir nicken und stehen auf. Ich gehe zu der Tafel, an der in krakeliger Schrift das letzte Menü von *Um Klassen besser* steht:

Vorspeise: Lauwarmer Kartoffelsalat nach
                 schwäbischer Art
Hauptspeise: Schweinebraten mit
                 Schwarzwurzelgratin
Nachspeise: Mandel-Zimt-Parfait

Ich wische das Menü aus und schreibe unseres an. »Wer will was machen?« »Hilfe, Demokratie in der Küche!«, kreischt Jule. Wir lachen. Dann sagt Paula: »Ich übernehme die Nachspeise.« Ich schreibe **Paula** neben die Bratäpfel. »Und ich die Vorspeise!« Ich trage Jule für das Champignon-Carpaccio ein. »Anke, ist es okay, wenn du den Springer machst? Das heißt einfach, überall auszuhelfen, wo es gerade nötig ist.« Anke nickt. »Und wer macht den Service?«, fragt Jule. Einen Moment sehen wir uns schweigend an. Dann fällt mir jemand ein. »Paula«, sage ich, »hast du eigentlich die Telefonnummer von Hannes?«

Ich will nicht behaupten, dass es dieses Mal gut läuft. Aber es läuft viel, viel besser. Mir brennt das Risotto nur ein bisschen an, Paula lässt die Äpfel nur ein bisschen zu lange im Ofen, und Jule schneidet die Champignons nur ein bisschen zu dick. Anke findet sogar noch Zeit, mit meiner Kamera zu filmen. Wir sind zufrieden, als wir um kurz nach zehn den Keller hinter uns abschließen.

Zu Hause angekommen, habe ich auf meinem Handy sieben neue Nachrichten von Valentin. Im Laufe der ersten drei wird der Ton immer aggressiver. In den vier folgenden ändert sich das Thema: Valentin will nicht mehr, dass ich zu ihm komme, sondern dass ich ihm den Schlüssel zurückgebe.

Mist.

Was jetzt? Wir brauchen den Schlüssel morgen unbedingt, sonst müssen wir das Dinner absagen. Valentin will mich ärgern, das ist ganz klar. Aber so nicht. **Ich bringe dir den Schlüssel morgen um fünf, vorher schaffe ich es nicht. Pia**

Dann lasse ich die anderen morgen um halb fünf in den Keller und fahre dann zu Valentin und bringe ihm den Schlüssel. Das müsste gehen.

Nachdem das abgehakt ist, schaue ich mir das heutige Filmmaterial an. Anke ist super. Meinen Gesichtsausdruck, als das Risotto anbrennt, hat sie in Close-up drauf. Ich schaue so sauer, enttäuscht und entnervt, dass ich selbst darüber lachen muss. Ich will schon anfangen zu schneiden, da fällt mir plötzlich auf: Vielleicht springen unsere Gäste für morgen ab, wenn ich heute einen Film ins Netz stelle, der unsere mangelnden Kochkünste dokumentiert. Schade. Aber dann fällt mir das Video ein, das ich von Papas Koch-Performance am Donnerstag gemacht habe. Die Bilder von dem kochenden Papa färbe ich schwarz-weiß ein und lege einen Rahmen darum, der aussieht wie ein alter Fernseher. Aber dann setze ich immer hintereinander, wie Papa einen Kochschritt demonstriert und wie ich genau diesen Kochschritt verzweifelt und total angestrengt gerade so hinbekomme. Das Ergebnis ist köstlich. Ich zeichne den Hintergrund in den Bildern von mir noch etwas weich, damit man unsere Küche nicht erkennt. Dann stelle ich das Video hoch.

Fünf Minuten später schreibt Vale: **Ich rolle lachend auf dem Boden! Du wirst immer besser! Mehr, ich will mehr!**

Ich rufe Hannes an.

Nachdem wir eine Stunde lang telefoniert haben, die mir wie fünf Minuten vorkommt, stelle ich ihm die entscheidende Frage:

»Hannes, möchtest du deinen Lebenslauf durch einen Einsatz als ungelernter Hilfskellner aufhübschen?«

»So eine Karrierechance kann ich mir nicht entgehen lassen«, sagt Hannes.

Die Schmetterlinge heben die Köpfe.

Am Samstag liegen meine Nerven schon direkt nach dem Aufwachen blank. Mama merkt das beim Frühstück sofort. »Pia, ist alles okay? Du bist so …, sag mal, bist du etwa verliebt?« Das ist jetzt echt zu kompliziert zu erklären. »Ja«, sage ich. »Wer ist es denn?« Ich nehme einen Schluck Kaffee. »Weiß ich jetzt auch grad nicht genau.« Mama lacht und schüttelt den Kopf.

Pünktlich um halb fünf stehen wir alle am Hintereingang. »Georgina wäre stolz auf uns«, sagt Jule. Ich lasse die anderen rein und fahre zu Valentin. Vor seiner Haustür zögere ich. Wenn ich jetzt klingele, muss ich mit ihm reden. Hinterher gelingt es ihm irgendwie, mich zum Anschauen von *Lethal Explosions 3* und *4* zu bringen, und dann ist alles aus. Ich werfe den Schlüssel in den Briefkasten.

In der Küche haben die anderen schon alle Stationen vorbereitet. Ich gehe an meine Position und atme tief durch. »Alle sind da«, ruft Jule, »ich schlage vor, wir versammeln uns noch mal kurz.« Wir stellen uns zu Jule. »Leute«, sagt

Jule, »ich habe lange nicht an die Sache hier geglaubt, aber heute bin ich sicher, dass wir es schaffen können. Wir sind ein tolles Team. Da draußen sind Hunderte von Guerilla-Köchen, die denken, sie könnten es besser als wir. Und Tausende von hungrigen Gourmets, die auf unsere Kochkunst hoffen. Geben wir Ihnen, was sie verdienen! Wir sind die Besten! *Hohe –*«

»*Schule!*«, rufen wir.

Jule hängt definitiv zu viel mit ihrer Basketball-mannschaft rum.

Trotz oder wegen dieser aufputschenden Motivations-ansprache arbeiten wir alle ruhig und konzentriert. Meinem Risotto ist noch nichts Schlimmeres zugestoßen, und auch bei den anderen scheint es gut zu laufen. Nur ab und zu hört man ein gemurmeltes »**Scheiße**«, oder es seufzt jemand. In unsere Konzentration hinein dringt ein Geräusch, das ich erst gar nicht einordnen kann. Dann wird mir klar: Das sind Schritte auf dem Gang. Auch die anderen heben die Köpfe. Wir schauen uns entgeistert an.

Dann erscheint Valeska in der Tür.

»Was?«

Sie bleibt so ruckartig stehen, dass hinter ihr mehrere Leute in sie reinlaufen. Mareike, Leonie und Lara.

»Was macht ihr hier? Haut ab!«

Jule lässt ihr Messer sinken und geht auf Valeska zu. »Das ist unsere Küche. Wenn hier irgendwer abhaut, dann ihr.« Jule verschränkt die Arme. Paula stellt sich neben sie. »Die haben sogar unsere Schürzen an!«, sagt Lara, die hinter

Valeskas Rücken hervorlinst. »**Eure** Schürzen?« Paulas
Stimme klingt schrill. Ich stelle mich neben Jule und Paula.
Als Valeska mich sieht, verändert sich ihr Gesichtsausdruck.

»Valentin hat uns nicht gesagt, dass ihr heute hier seid.«

»Valentin ist ein Feigling.«

Valeska nickt.

»Das ändert nichts daran«, sagt Jule, »dass ihr jetzt auf
der Stelle abhaut! Unsere Gäste kommen um sieben.«

»Unsere auch«, sagt Valeska.

Nachdem wir uns eine doppelte Ewigkeit schweigend mit
verschränkten Armen gegenübergestanden haben, sagt
Paula: »Dann lassen wir eben die Gäste entscheiden.« Stille.
Paula redet weiter. »Ihr kocht euer Menü und wir unseres.
Die Gäste stimmen ab, welches das bessere ist. Der Gewin-
ner bekommt die Küche.« »Okay«, sagt Valeska. Sie schaut
Paula an, als würde sie sie gerade zum ersten Mal sehen.

Paula nimmt sich ein Stück Kreide von der Tafel, zieht eine
lange Linie auf dem Fußboden und teilt damit die Küche
in zwei Bereiche. Dann steigt sie mit einem riesigen Schritt
darüber, so als wäre das ein meterhoher Zaun. Jule macht es
ihr nach. Als ich selbst über die Linie gehe, wird mir schlagartig klar, dass wir gerade unsere Küche aufs Spiel gesetzt
haben. Wenn das schiefgeht, verzeiht Georgina uns das nie.
Außerdem – und das überrascht mich irgendwie – will ich
selbst ganz unbedingt die Küche behalten. Wir müssen
eben einfach besser sein, denke ich, als ich mit beiden
Füßen auf unserer Seite der Kreidelinie stehe.

An meiner Station finde ich Anke vor, die geduldig in meinem Risotto rührt. Ich nehme Anke den Kochlöffel ab und umarme sie. »Du hast uns gerettet!« »Oho, die Emotionen schlagen hoch«, lästert Mareike. »Sei still«, sagt Valeska. Sie geht über die Linie und quetscht sich neben mich an den Herd. »Kann ich die zweite Platte benutzen? Ich muss gleich die Kartoffeln für den Salat kochen, wenn Leonie fertig mit Schälen ist.« So höflich von Valeska gefragt zu werden, ist ja fast rührend. »Nein«, sage ich, »ihr habt drüben euren eigenen Herd.« Valeska sieht richtig enttäuscht aus. »Ich dachte nur, weil unsere Platten noch kalt sind und die so lange brauchen, um heiß zu werden.« »Kartoffeln«, ich wende mich von Valeska ab und meinem Risotto zu, »setzt man kalt auf.« Aus den Augenwinkeln sehe ich, wie Valeska zurück in ihre Küchenhälfte schleicht. »Entspann dich, Valeska«, ruft Jule von ihrer Station herüber, »wenn Leonie die Kartoffeln fertig hat, ist eh nicht viel übrig, was noch gekocht werden kann.« Ich schaue zu Leonie und muss fast lachen: Sie schneidet die Schale so dick von den Kartoffeln, dass Georgina ausflippen würde. Jetzt wirft sie eine Hand voller Kartoffelschalen nach Jule. Die duckt sich kurz weg, hebt die Schalen auf und wirft sie zurück. Sie streifen Leonie im Gesicht. Dann geht alles so schnell, dass ich kaum mitkomme:

Leonie wird knallrot, schmeißt den Sparschäler hin, geht mit erhobenen Fäusten auf Jule zu, Jule stößt Leonie zurück, Leonie taumelt und kracht in Anke rein, die das Backblech mit den Bratäpfeln in den Händen hält.

Leonie sitzt auf dem Boden mit ihrem Hintern in unseren Bratäpfeln. Sie schreit auf. »Das ist heiß!« Leonie rappelt sich auf und hält sich den Arsch. »Eure Bratäpfel haben mich verbrannt!« Anke zeigt auf das Blech mit der matschigen Apfelmasse. »Du hast unsere Nachspeise zerstört. Das ist Sabotage!« Sie sieht aus, als würde sie gleich heulen. Auch Leonies Augen funkeln, aber wohl eher vor Wut. »Jule hat mich da reingestoßen. Das ist Körperverletzung!« Jule lächelt. »Dann zeig mich doch an, wegen Arschverbrennung durch Bratapfeleinwirkung!«

Ich kann mich nicht mehr zusammenreißen. Ich muss lachen. Anke und Leonie sehen mich sauer an.

»Die haben unsere Nachspeise zerstört!« Ankes Stimme zittert. Ihre Hände auch.

»Jule hat mich –«

»Schluss damit!« Paula schneidet Leonie das Wort ab. »Wir haben jetzt keine Zeit für so einen Kinderkram. Ich schlage vor: Zur Kompensation überlassen uns die anderen ihre Nachspeise. Okay?« »Unser Mandel-Zimt-Parfait? Nein!« Lara stellt sich neben Leonie. »Auf keinen Fall! Dann fehlt uns ja die Nachspeise.« Jule zeigt auf das Blech mit der Apfelmasse. »Ihr habt doch Apfel-Matsch-Parfait.« Leonie sieht aus, als würde sie gleich wieder auf Jule losgehen. »Stopp.« Das war Valeska. Sie schiebt Leonie und Lara zur Seite, geht zum Kühlschrank und holt eine große Schüssel heraus. »Das ist das Mandel-Zimt-Parfait. Wenn wir bei jeder Portion einen Löffel Apfelmus dazugeben, reicht es für alle Gäste.«

Stille.

»Na gut«, sagt Paula. Anke schnauft hörbar.

»Übrigens«, sagt Jule, nachdem wir eine Weile still vor uns hin gearbeitet haben, »wenn hier der scheue Chef auftaucht, fliegt ihr raus! Ist das klar?« »Der taucht nicht auf«, sagt Valeska, »der weiß gar nicht, dass wir heute ein Dinner machen.« »Der Arsch«, ruft Mareike dazwischen. »Genau.« Ich muss grinsen, als ich sehe, wie Jule sich auf die Zunge beißt. Jetzt hat sie doch glatt aus Versehen Mareike zugestimmt. »Wir wollen uns von ihm emanzipieren«, redet Mareike weiter, »weil er ein Chauvinist und Menschenfeind ist.« »Zwei Mann an die Nachspeisestation«, sagt Jule mit der Stimme vom scheuen Chef, »aber sofort!« Mareike lacht. »Hier sind aber leider gar keine Männer, so 'n Pech!« »Das hab ich ihm auch gesagt, dem Arsch!«

Jules Laune bessert sich noch mehr, als wir die Kochkünste der anderen besichtigen können: Sie sind vollkommen hilflos. Lara wirft beim Einwickeln den Braten auf den Boden, wäscht ihn ab und steckt ihn dann trotzdem in den Ofen. Valeska kocht die Kartoffeln so weich, dass sie sich kaum noch in Scheiben schneiden lassen. Mareike lässt das Schwarzwurzelgratin so lange im Ofen, bis der Käse darauf verbrennt. Und Leonie ertränkt Valeskas weiche Kartoffelscheiben in Essig und Öl. Nur das Mandel-Zimt-Parfait scheint in Ordnung zu sein. »Mach bloß ganz deutlich, was von wem ist«, flüstert Paula mir zu, als ich die Gänge an die Tafel schreibe. Ich nicke und ziehe einen dicken Strich auf der Hälfte der Tafel. Unser Menü schreibe ich auf die rechte, das von den anderen auf die linke Seite. Gerade als ich *Um Klassen besser* und *Hohe Schule* über die Spalten schreiben will, höre ich ein Geräusch von der Tür. Ich drehe mich um. Die Tür öffnet sich langsam. Eine Frau in einem weißen Kittel betritt die Küche. »Guten Abend«, sagt sie, »Loeser, ich komme vom Gewerbeaufsichtsamt.«

»SIE BETREIBEN HIER ein sogenanntes Guerilla-Restaurant, wenn ich das richtig sehe?« Die Frau läuft durch die Küche, schaut in Töpfe und Öfen und macht sich Notizen. »Ihnen ist bewusst, dass das illegal ist?« Wir sehen der Frau wie versteinert zu. »Guerilla-Restaurant?« Das war Anke. »Was ist denn das?« So wie Anke das sagt, klingt es wirklich, als hätte sie das Wort gerade zum ersten Mal gehört. »Ein Guerilla-Restaurant«, sagt die Frau, während sie unsere Tafel mit den Menüs fotografiert, »ist ein Restaurant, das ohne Lizenz und oftmals auch ohne die notwendigen hygienischen Mindeststandards betrieben wird. So wie das auch hier der Fall ist.« Sie schreibt etwas auf ihr Klemmbrett. »Interessant«, sagte Anke, »sehr interessant. Und wieso sollen wir hier so ein Gurialla–, Gorilla–, Geralla–« »Guerilla-Restaurant!«, ruft die Frau ungeduldig dazwischen. »Ja, also, so was hier betreiben? Wie kommen sie denn darauf?« »Wir haben einen Hinweis bekommen.« Jule formt `der scheue Chef` mit den Lippen. Mareike nickt. »Und das«, die Frau zeigt auf die Tafel, »ist also die Speisekarte für heute Abend, ja?« Paula lacht. »Speisekarte? Nein, das ist die Tafel für den Punktestand.« Die Frau sieht sie skeptisch an. Paula geht zur Tafel. »Wir haben zwei Teams gebildet, und jedes Team hat ein Menü gekocht. Gleich essen wir dann zusammen und bewerten uns gegenseitig. Fair natürlich. Das hier ist nämlich unsere Koch-AG.« Die Frau schaut noch skeptischer. »Jaja. Mal sehen, was Sie gleich behaupten, wenn Ihre Gäste kommen. Wahrscheinlich sind das dann auch alles Teilnehmer Ihrer **Koch-AG**, was? Ich kann jedenfalls warten.« Sie setzt sich an den Eichentisch, der schon dekoriert und eingedeckt ist. »Schön machen Sie es sich hier, bei Ihrer **Koch-AG**, wirklich schön.« Sie sitzt und schweigt. Wir stehen unschlüssig herum. Nichts passiert. Ich sehe auf die Uhr. Kurz vor sieben. Wahrscheinlich sind unsere Gäste schon wieder abgehauen, nachdem sie niemand an der Straßenecke abgeholt hat. Schade um das schöne Essen.

»Hätten Sie was dagegen«, frage ich die Frau, »wenn wir schon mal essen würden, während wir auf Ihre imaginären Gäste warten? Sie können natürlich auch was haben.« Die Frau lächelt säuerlich. »Bitte, fangen Sie an.« »Gib ihr das *Um Klassen besser*-Essen«, raunt Paula mir zu. Ich haue einen Teller voll mit Kartoffelsalat und stelle ihn vor die Frau. »Danke«, sagt sie, und steckt tatsächlich ihre Gabel hinein. Hinter dem Rücken der Frau öffnet sich die Küchentür. Da steht Hannes, in schwarzer Hose, weißem Hemd und mit einer Fliege um den Hals. Ich winke ihm und forme dabei, so deutlich es geht, mit den Lippen: Weg! Notfall! Hannes sieht mich einen Moment überrascht an, dann zieht er die Tür ganz leise wieder zu.

Ich atme auf.

Frau Loeser ist inzwischen bei der Hauptspeise angekommen. Kein Wunder, sie hat von ihrem Kartoffelsalat nur ein paar Bissen genommen. »Ich muss zugeben«, sagt sie, »die dilettantische Zubereitung dieser Gerichte hat mich davon überzeugt, dass es sich hier nur um eine Koch-AG handeln kann.« Sie steht auf. »Tut mir leid, dass ich Sie belästigen musste, aber wir sind nun mal verpflichtet, solchen Hinweisen nachzugehen.« »Das verstehen wir natürlich! Darf ich Sie hinausbegleiten? Oder möchten Sie noch einen Nachtisch? Etwas Mandel-Zimt-Parfait?« Jule übertreibt mal wieder. Wenn die Loeser das Mandel-Zimt-Parfait vom scheuen Chef probiert, glaubt sie das mit der Koch-AG bestimmt nicht mehr. Aber die Frau schüttelt den Kopf. »Nein, danke, mir reicht es.«

Jule geht mit Frau Loeser hinaus und kommt einen Moment später wieder rein. Dabei hat sie Hannes, Albert, Moritz, Lukas und Valentin. »Woher kommen die denn plötzlich alle?« »Danke für die freundliche Begrüßung!« Hannes grinst. »Die habe ich draußen abgefangen, nachdem du mir hier so ausdrucksstark klargemacht hast, dass ich mich in Luft auflösen soll. Wer war denn die Frau?«

»Frau Loeser vom Gewerbeaufsichtsamt.« Ich lasse mich auf einen Stuhl fallen und wische mir den Schweiß von der Stirn. »Das war ziemlich knapp.« Jule, Anke und Paula setzen sich zu mir. Sie sehen genauso fertig aus. Die anderen stehen herum. Valentin weicht meinem Blick aus.

Hannes klatscht in die Hände. »Wie wär's, wenn eure Gäste sich jetzt mal setzen und wir servieren den ersten Gang?«

»Unsere Gäste sind längst abgehauen«, murmelt Jule.

»Also, ich bin da.« Das war der ungenuschelste Satz, den ich jemals von Albert gehört habe. Nicht nur Anke sieht ihn überrascht an. »Und ich habe Hunger.« Albert setzt sich neben Anke, die leichenblass wird. Dann springt sie auf, reicht Albert die Hand und sagt: »Herzlich willkommen in unserem Restaurant *Die hohe Schule*!« Mareike räuspert sich. Anke sieht sie kurz an. »Die *Um Klassen bessere hohe Schule*. Als Vorspeisen bieten wir heute Champignon-Carpaccio und lauwarmen Kartoffelsalat an. Was darf ich dir zuerst bringen?« »Das Champignon-Carpaccio, bitte.« Albert ist offenbar doch gar nicht so blöd.

Als wir alle am Tisch sitzen, hole ich mein Notebook aus der Tasche und öffne Skype. Georginas Skype-Name ist *Küchengöttin*. Sehr bescheiden. Nach ein paarmal Klingeln meldet Georgina sich tatsächlich. Das Bild ist etwas verschwommen. »Hallo«, sagt Georgina. »Hallo!«, ruft der ganze Raum zurück. Wenn ich das richtig erkenne, sieht Georgina ziemlich verwirrt aus. »Wer ist denn das im Hintergrund? Und wo bist du? Ist das unsere Küche?« Ich schüttele den Kopf. »Gleich. Sag erst mal, wie's deiner Oma geht.« Georgina lächelt. »Viel besser! Sie wird morgen aus dem Krankenhaus entlassen. Montag bin ich wieder in der Schule.« Am Tisch wird applaudiert. »Pia«, sagte Georgina, »wer ist denn das?« Ich nehme das Notebook und führe Georgina einmal um den Tisch herum, damit sie jeden begrüßen kann. Bei Valeska, Mareike, Leonie, Lara, Moritz und Lukas kann ich die Verwunderung in Georginas Stimme deutlich hören. Dann stelle ich das Notebook auf den freien Platz und serviere Georgina eine Portion Champignon-Carpaccio. Damit Georgina den Teller auch richtig sehen kann, senke ich den Deckel vom Notebook etwas ab. »Guten Appetit.« Georgina schaut gierig vom Bildschirm. »Wow, Champignon-Carpaccio!«, sagt sie dann. Paula klatscht in die Hände. »Alle mal herhören!« »Vor euch steht jetzt das Champignon-Carpaccio, die Vorspeise der *Hohen Schule*. Danach servieren wir euch lauwarmen Kartoffel- salat, zubereitet von den *Um Klassen besser*-Köchinnen. Bitte entscheidet, was euch besser schmeckt. Das Gleiche gilt im Anschluss für die Hauptspeise. Die Nachspeise läuft außer Konkurrenz.« Ich sehe, wie Lukas und Moritz grinsen und zu Valeska herüberschauen, als würden sie irgendwas von ihr erwarten. Aber Valeska guckt konzentriert Paula zu und tut so, als würde sie die Blicke der beiden gar nicht bemerken. Moritz und Lukas sehen irritiert zwischen Paula und Valeska hin und her. »Das Ergebnis«, sagt Paula, »ent- scheidet darüber, wer die Küche behalten darf.«

»Was?«, rufen Georgina und Valentin gleichzeitig.

»Das entscheide ich«, sagt Valentin.

»Ihr könnt doch nicht unsere Küche ver–«

Ich schlage den Deckel vom Laptop zu. An der Georgina- Front ist erst mal Ruhe. Bleibt noch Valentin. »Ich habe den Schlüssel, und deshalb entscheide ich, wer die Küche bekommt.«

»Valentin.« Valeska beugt sich über den Tisch zu Valen- tin herüber.

»Ja?«

Valeska flüstert etwas. Valentin lehnt sich zurück und verschränkt die Arme. »Okay.«

Valeska lächelt. »Wir machen das so, wie Paula sagt. Und wir stimmen absolut fair ab, klar?« Moritz und Lukas werfen sich irritierte Blicke zu. Paula sieht fast genauso erstaunt aus.

Alle beugen sich über ihre Teller. Ich kann vor Aufregung kaum essen. Irgendwie werde ich das Gefühl nicht los, dass Georgina mir durch den geschlossenen Laptop wütende Blicke zuwirft. Hannes stößt mich an. Ich schrecke auf. »Gaaaaanz ruhig, ganz ruhig.« Er streicht mir über den Arm. »Es schmeckt phantastisch.« Die Schmetterlinge fliegen auf.

Jetzt kann ich erst recht nichts essen.

Die anderen hauen dafür umso mehr rein. Das Champignon-Carpaccio ist nach ein paar Minuten von den Tellern verschwunden. An dem Kartoffelsalatmatsch kauen alle sehr viel länger. Ich schaue mich am Tisch um: Anke stochert in der gelben Masse herum, Jule hat ihre Gabel schon neben den Teller gelegt. Sogar Valeska, Mareike, Lara und Leonie haben noch volle Teller. Nur Lukas und Moritz kämpfen sich tapfer durch den Kartoffelsalat und machen sogar ab und zu Geräusche, die wie Hmmmm klingen, aber einen gequälten Unterton haben.

Als Hannes die Hauptspeise serviert, kann ich meine Aufregung kaum noch im Zaum halten. Jetzt essen alle das Risotto, das **ich** gekocht habe! Hannes lässt sich neben mir auf den Stuhl fallen. »Ganz schön anstrengend, dieser Hilfskellnerjob.« »Hannes«, sage ich, »du bist hier doch längst der Oberkellner.« Hannes strahlt übertrieben. »Als Oberkellner schufte ich gleich doppelt so gerne für euch.«

Er nimmt eine Gabel Risotto, kaut, schluckt und sieht mich an – mit genau dem Blick, den wir damals bei unserem Dinner beim scheuen Chef draufhatten. Ich bin nicht ganz sicher, ob ich mir wünsche, dass dieser Blick dem Risotto gilt oder mir. »Wundervoll«, sagt Hannes.

Auch bei der Hauptspeise bleibt einiges auf den *Um Klassen besser*-Tellern liegen. Ich schöpfe Hoffnung. Trotzdem klopft mir das Herz bis zum Hals, als die Teller abgeräumt sind und Paula sich an die Tafel stellt. »Okay, erster Wahlgang: Vorspeise. Wer stimmt für *Die Hohe Schule*?« Albert und Hannes melden sich. Sonst niemand. Oh nein. »Zwei«, sagt Paula und macht zwei Striche auf unserer Seite, so als würde sie das gar nichts angehen. Ich kann nicht fassen, wie ruhig sie bleibt. »Stimmen für die Vorspeise von *Um Klassen besser*?« Moritz und Lukas melden sich. Dann hebt Valentin die Hand. »Drei.« Paula macht drei Striche auf der *Um Klassen besser*-Seite. Ich möchte Valentin den Hals umdrehen. Wenn er nicht fair abstimmt, sind wir erledigt. »Dann kommen wir zur Hauptspeise.« Selbst Paula sieht inzwischen ziemlich blass aus. »Stimmen für *Die Hohe Schule*?« Hannes und Albert melden sich.

Und Moritz und Lukas.

»Ja!« Paula macht einen Luftsprung. »Äh, vier, meine ich. Vier Stimmen für *Die Hohe Schule*. Gut. Stimmen für *Um Klassen besser*, bitte?« Valentin meldet sich und wird dabei ziemlich rot. »Eine, wenn ich richtig zähle.« Paula macht einen Strich bei *Um Klassen besser*. Ich sehe, wie Valeska Moritz und Lukas wütende Blick zuwirft. »Spinnt ihr?«, zischt sie. »Du hast doch gesagt, fair –« Lukas verstummt unter Valeskas Blick.

Ich klappe den Deckel vom Laptop auf. »… könnt doch nicht einfach unsere Küche verwetten, ihr habt sie nicht mehr alle …« Wow, unglaublich, wie gut Georgina ihren Einsatz erwischt. Wahrscheinlich hat sie die ganze Zeit durchgeschimpft und gar nicht gemerkt, dass sie nicht mehr auf Sendung war. »Georgina«, sage ich, »wir haben gewonnen.« Georgina braucht einen Moment, um ihren Wortschwall zu stoppen. »Gewonnen?« Ich nicke. »Die Küche gehört uns. Aber wenn du mir nicht glaubst …« Ich drehe den Laptop zu Valeska. »Bist du so nett und sagst Georgina, dass wir gewonnen haben?« Valeska kriegt kaum die Zähne auseinander. »Ihr habt gewonnen.« »Juchu!« Kurz ist Georginas Bauch zu sehen, sie springt offenbar gerade vor dem Laptop auf und ab. Jule, Anke, Paula und ich jubeln. Hannes und Albert applaudieren. Dann ist Georgina verschwunden. Erst als wir alle vor unseren Nachspeisentellern sitzen, ist sie wieder auf dem Bildschirm zu sehen. Sie hält ein Sektglas in der Hand und räuspert sich. »Seid mal still«, sagt Paula, »Georgina will was sagen.« Georgina hebt ihr Glas. »Ich verstehe zwar noch nicht mal ansatzweise, was da bei euch los ist«, sagt sie, »aber ich trinke auf euch! Tutti i gusti sono gusti.« Wir heben unsere Gläser. Sogar Valeska, Mareike, Leonie und Lara stoßen mit an, auch wenn sie dabei ziemlich enttäuscht aussehen.

»Tutti i gusti sono gusti!«, rufe ich.

Was immer das heißen mag.

ZWEI WOCHEN SPÄTER bauen Hannes und ich den Beamer seiner Eltern bei mir zu Hause im Wohnzimmer auf. Mein Herz hüpft mit den Schmetterlingen um die Wette. »Die werden die Filme toll finden, ganz sicher!«, sagt Hannes und streicht mir über die Haare. Das beruhigt mein Herz und macht die Schmetterlinge noch verrückter. Ich schließe mein Notebook an den Beamer an. In den letzten Tagen haben die anderen mich in jeder Pause gefragt, wann ich ihnen endlich unsere Filme zeige. Irgendwann ist mir einfach keine Ausrede mehr eingefallen. Ich hoffe, sie reden noch mit mir, wenn sie die Filme gesehen haben.

Als Georgina, Jule, Anke und Paula schließlich auf dem Sofa sitzen und das Fingerfood mampfen, das ich mit Hannes vorbereitet habe, ziehe ich die Vorhänge zu, drücke *Play* und werde plötzlich ganz ruhig. Jetzt kann ich sowieso nichts mehr ändern. Entweder die Filme gefallen ihnen oder nicht.

Der erste Film ist mir besonders peinlich. Nicht nur, dass ich die Szenen so montiert habe, dass Valentin mich anschmachtet, er sieht aus wie ein bekifftes Schaf. Wie konn-

test du den Idioten nur so toll finden?, summen die
Schmetterlinge.

Ihr seid besser mal ganz still, flüstere ich ihnen zu.
Vorsichtig schaue ich zu Hannes rüber. Er lächelt mich
an. Haben wir dir gleich gesagt, flöten die Schmetterlinge. Ich will mich nicht mit ihnen streiten. »Mir
ist gar nicht aufgefallen, wie verknallt Valentin in dich
ist!«, flüstert Georgina mir zu. Ich muss grinsen. Georgina
hat noch nicht mal gemerkt, dass ich das nur so montiert
habe.

Als es im Film am Fenster klopft, halten alle noch mal
genauso den Atem an wie am ersten Abend in der Küche.
»Ihr braucht euch doch nicht vor mir zu fürchten!«, sagt
Jule.

Das Grinsen vergeht mir, als Georgina das erste Mal
»Neiiiiin« von der Leinwand kreischt. Alle lachen. Außer
Georgina. Sie wirft mir einen vernichtenden Blick zu.
Scheiße. Wie konnte ich beim Schneiden einfach vergessen,
dass ich den anderen die Filme irgendwann zeigen muss?
»Neiiiiiiin«, kreischt Georgina schon wieder. Die anderen
lachen noch mehr. Georgina verschränkt die Arme. Und
dann, als ich Georgina in dieser selbstzufriedenen Pose
sehe, habe ich plötzlich das Gefühl, dass ich ihre Wut aushalten kann. Okay, dann ist Georgina jetzt sauer auf mich.
Vielleicht bis übermorgen. Vielleicht für immer. Ich werde
es überleben. »Neiiiiiiiiiin«, schreit die Georgina auf der
Leinwand. Und lacht.

Moment.

Tatsächlich: Die Georgina auf dem Sofa lacht. Tränen. Sie

hat die Arme nicht mehr verschränkt, sondern hält sich mit den Händen den Bauch.

Als der letzte Film vorbei ist, klatschen alle. Jule ruft sogar »Bravo!«. Ich stelle mich neben den Beamer und verbeuge mich. »Sag's ihnen«, flüstert Hannes mir zu. Ich schlucke. »Danke«, sage ich dann, »vielen Dank.« Alle sehen mich an. Hilfe. »Es freut mich sehr, dass euch die Filme gefallen haben. Besonders, weil sie nämlich auch … auch …, auf You-Tube zu sehen waren.«

Stille.

»Spinnst du?« Jule.

»Das ist echt unfair!« Paula.

»Wirklich, Pia!« Anke.

»Die Filme sind total beliebt, ihr seid jetzt Stars!« Hannes. Und wieder Stille.

»Ach was«, sagt Georgina nach einer sehr langen Weile, »das ist doch die perfekte Werbung für das Cupcake-Café, das wir in der Pausenhalle eröffnen.«

Die Stille fühlt sich noch stiller an.

»Cupcake-Café?« Jule kriegt gleich wieder ihr Migräne-Gesicht.

»Cupcake-Café.« Georgina nickt, strahlt und reibt sich die Hände. »Ich bereite gleich mal ein Handout vor.«

Wir sehen uns an.

»Handzeichen, bitte«, sagt Jule, »wer ist dagegen?«

Anke seufzt.